# Kacke am Stock

## ist auch 'ne Blume...

W0383545

Mel Alazza

# Impressum



**ISBN** s. Rückseite und letzte Buchseite.

**Erstausgabe 20. Mai 2017**



**Coverdesign:**

die BUCHANKLEIDE

Anastasia Braun, Hagenbach
facebook.com/die.Buchankleide

**Buchbearbeitung:**
Gudrun Anders
www.gudrun-anders.de

spirit & marketing

**Druck:**
epubli GmbH, Berlin, www.epubli.de.
Printed in Germany.

**Kontakt zur Autorin:**
Mel Alazza
shanoja@gmx.de
Blog: http://melalazza.blogspot.de

# Inhaltsverzeichnis

# Vorwort

von Anke Dahlhaus, Mel's ehemalige Lehrerin und Wegbegleiterin

ENDLICH! Mel teilt sich mit! Sie teilt ihr Leben mit anderen Menschen!

Damit realisiert sie genau das, wozu sie über viele Jahre niemals im Stande war, was Scham und Angst ihr keinesfalls erlaubten, was sie sich niemals zugetraut hätte aus Mangel an Selbstbewusstsein und Vertrauen in die eigenen Fähigkeiten.

Doch nun hat sie es geschafft, ihr Leben aufzuschreiben, um sich endlich zu öffnen und mitteilen zu können. Sie hat ihr jahrelanges Schweigen und ihre innere Isolation durchbrochen und schleudert dem Leser nun schonungslos entgegen, was so schwer auf ihrer Seele lastet: Der Missbrauch an dem kleinen Mädchen, die Gleichgültigkeit und Brutalität der Mutter, das Unverständnis ihrer Mitmenschen...

Endlich kann und will sie reden, laut, schonungslos eindringlich strömen die Worte aus ihr heraus.

Der Leser wird konfrontiert mit Gefühlsausbrüchen, harter Realität, Gedankenströmen, Erinnerungsfetzen und mit fast zart anmutenden, zum Weinen bringenden lyrischen Elementen einer zutiefst verletzten Seele.

Mel lässt ihren Gedanken freien Lauf, schert sich nicht um Konventionen und Stil, um inhaltliche Ordnung und klare Linie.

Sie schreibt je nach Tagesform und Gemütsverfassung - und herauskommt ein authentisches Werk, eine Biographie, die berührt, ein Aufruf an jeden von uns, nicht die Augen zu verschließen vor Gewalt und Unmenschlichkeit, ganz besonders wehrlosen Kindern gegenüber!

All meinen Respekt für dich, Mel, meine ehemalige Schülerin und spätere Freundin.

Deine<br>
Anke Dahlhaus

# 1000 Gesichter

Immer wieder – in diesen ganzen Lebensjahren – sehe ich in die Gesichter von hauptsächlich Frauen, die sich selber alles und nichts zutrauen, nur nach vorne sehen, rechts und links aber nichts erkennen, sich selber kaum bei der Hand nehmen, weil es so viel angenehmer ist zu leben, ohne sich selber ins Gesicht zu sehen.

Frauen, die stark sind, alleine leben und bestehen und einfach unglaublich sind!

Immer wieder sehe ich in tausend Gesichter, die mir erzählen, was sie vergessen haben, die mir mit traurigen Augen sagen, wir sind gleich – ich bin wie du, du bist wie ich und ja, auch ich erkenne dich…aber bitte, verrate es mir nicht!

Ich brauche das hier für mich, dieses Leben, weil ich es sonst nicht schaffe zu existieren. Und Angst habe vor diesen Gedanken, die dann Worte formulieren, die ich nicht begreifen und nicht fassen und vielleicht dann auch nicht mehr halten kann, mir solche Angst machen, dass ich es nicht sehen kann und will und nicht wahr haben kann und will, dass ich du bin –und du ich.

Nur diese Wahrheit sehe ich, sehe ich in deinem Gesicht – du brauchst mir nichts zu erzählen, ich habe dich erkannt, weil diese Geschichte uns verbindet und egal wie lange du es nicht verrätst - mir deine Augen diese Wahrheit sagen…

Immer unerkannt für andere, nehme ich dich trotzdem bei der Hand und sage dir, ich bin hier, wenn du reden willst, was zu erzählen hast: ich verstehe dich, weil wir gleich sind und diese Geschichten uns das Leben nehmen, obwohl es doch genau das ist, was wir so dringend benötigen – Leben, um zu sein! Leben, um zu fühlen und vor allem: Leben, um zu leben!

Richtig wahrzunehmen, sich selber zu sehen und leben zu können, ohne immer alles zu hinterfragen und verstehen zu müssen. Sich selber und seiner eigenen Wahrnehmung zu trauen - die eigene Identität zu finden - aber vor allem Grenzen zu setzen und selber wahrzunehmen UND auf sich selber zu hören, nachzufühlen und das RECHT darauf haben, eigene Grenzen zu setzen, endlich „NEIN“ zu sagen!

# Unser Geheimnis...

1982-1991/2

ES

ist sehr einfach!

Erzähle niemanden,

was ich mit dir mache,

dann bekommst du

von mir

auch schöne Sachen,

die du brauchst,

oder auch nicht…

aber

verrate unser Geheimnis ja nicht!!!

## umhergeirrt

Ich
bin

**um**
**her**
**ge**
**irrt**

auf der Suche
nach mir,
werde ich mich finden
oder bin ich schon hier?

Es ist so schwer
das alles zu verstehen
und nicht zu verschwinden
- kann nicht mehr sehen!

Wo ist das Licht,
das hell leuchten soll?
Weiß nicht, wo es bleibt,
– ich suche so doll!

Kann es nicht finden,
das helle Licht,
das leise und voller Zuversicht spricht:

„gib´ nicht auf,
hier ist es schön und warm –
ich warte auf dich,
egal wie lang´“
…

„Gib´ nicht auf!“
– so hör´ ich es dann
wenn ich verschwinde
und komme nicht an…

## Ich sitze im Nebel...

*Kann mich nicht bewegen*

*Nicht sprechen*

*Nicht schreien*

*Ich schmerze*

*Und kann*

*Nichts tun*

*Gegen diese Schmerzen*

*Die so wehtun*

*Machen mich unbeweglich*

*Halten mich starr*

*Und ich habe das Gefühl*

***Ich bin gar nicht wahr…***

***Ich sitze im Nebel***

*Unbeweglich*

*Ertrage ich*

*Diese Gefühle*

*Die nichts tun*

*Außer mich festhalten*

*In Unbeweglichkeit*

*Stummheit*

*Und mir Schmerzen geben*

*Die ich anscheinend*

*Vergessen hatte*

***Ich dachte es geht***

*Und schon*

*Sind sie wieder da*

*Ich bin gar nicht wahr…*

***Ich sitze im Nebel…***

# Es begann abrupt...

Ich wurde von einer Engelmacherin abgetrieben, da sie nicht wussten, wie lange meine gerade 17 Jahre alte „Mutter“ bereits schwanger war.

Daraufhin wurde die Geburt ausgelöst und ich wurde „geboren“ – in die WC-Schüssel hinein! Sie dachten, ich wäre ein „Abgang“, – mein Geburtsname war demzufolge der Name meiner Großeltern.

Auf jeden Fall wuchs ich die ersten drei Jahre bei meinen Großeltern auf, das hat mir wohl das Leben gerettet bzw. mich vor wirklich echten psychischen Beeinträchtigungen verschont.

Bei meinen Großeltern war immer mein Zuhause, bei meiner Mutter fühlte ich mich immer nur geduldet und ausgehalten.

Dieses Gefühl hielt an, bis wir keinen Kontakt mehr hatten im Jahre 2007. Irgendwie, war ich ihr nie genug – oder zu viel, je nachdem, aus welcher Sichtweise das gesehen wird…

Nun aber zurück zu 1973, zu meiner Geburt im August. Meine Oma zog in Erwägung, mich einer reichen Ärztefamilie zu übergeben, welche eine Möglichkeit suchten, ein kleines Mädchen zu adoptieren, weil sie keine eigenen Kinder bekommen konnten, aber ich wurde nicht weggegeben. Sie behielten mich, was schade ist – hätte mir dadurch bestimmt ein schöneres Leben ermöglicht…

Ich blieb also die ersten drei Jahre bei Oma und Opa, dann zog meine Mutter mit meinem Vater zusammen, ich zog mit und sie heirateten. Ich war aber so oft es ging bei Oma und Opa. Meine Tante, nur neun Jahre älter als ich, wurde meine „große" Schwester und Oma und Opas Wohnung und das Umfeld dort, mein Zuhause – in jeder erdenklichen Art und Weise…

Meine Eltern waren bei meiner Geburt 17 Jahre alt und meinten, mit 20 nun heiraten und auch zusammen ziehen zu müssen und bekamen noch einen Jungen, meinen Bruder D.

D. war der Augapfel meiner Mutter, aber auch ich liebte ihn abgöttisch, schon damals und das gilt bis heute, obwohl sehr viel passiert ist und ich nun mittlerweile zu niemandem aus meiner Ursprungsfamilie mehr Kontakt habe.

Ich erinnere mich an viele Events, die bei meinen Großeltern stattgefunden haben, wie etwa die Wochenenden auf dem Campingplatz, die Waldspaziergänge mit Opa und seine Erklärungen über die Tiere und Bäume, einen Spaziergang zu einem Bauern, Milch holen – und wie ich diese verschüttete, weil ich rumalberte und hinfiel und Oma mit mir deswegen meckerte – aber immer so, dass man sich zwar schuldig, aber immer und trotzdem geliebt fühlte.

Oma meckerte nicht oft mit mir (jedenfalls nicht ohne Grund), Opa auch nicht und die Hand wurde mir gegenüber auch nie erhoben seitens meiner Großeltern. Es war immer harmonisch für mich und beständig, sicher, in jeder erdenklichen Art und Weise.

Opa war mein „Held“, und ich habe ihm mal gesagt, wenn ich groß bin, heirate ich ihn. Beide lachten nur und sagten, das wäre toll…

Urlaube mit Oma und Opa gab es, auch mal mit meinen Eltern und meinem Bruder gemeinsam und anderen Verwandten in Österreich, das war der letzte Urlaub in meiner Erinnerung, der wundervoll war, voller Liebe und Abenteuer – und ich war einfach nur Kind.

Meinen Vater habe ich abgöttisch geliebt, und er hat mir alles beigebracht: Fahrrad fahren, Rollschuhlaufen…Er hat uns vorgelesen, mit uns getobt, ist mit uns zum Spielplatz gegangen. Auch ging er einer Arbeit nach, meine Mutter schnitt Haare – und ich ging irgendwann zum Kindergarten. Den hasste ich, ich fühlte mich da nicht zugehörig – die Mädchen waren doof und die Jungen gemein; ich durfte nicht mit ihnen spielen und die Spiele der Mädchen fand ich albern. Im Kindergarten habe ich mich nicht wohl gefühlt.

Wenn ich in der Wohnung der Eltern war, spielte ich immer mit Peter, einem Nachbarsjungen, vorwiegend in den Hinterhöfen unserer Wohnhäuser… Ich bin über Mauern geklettert, habe mir die Knie beim Klettern und Fallen aufgeschrammt, habe Fußball gespielt und Indianer und habe Peter (und er mich) an den Marterpfahl gebunden…

Das war eine schöne Zeit, an die ich mich gerne erinnere.

Im Kindergarten wurde ich öfter von meiner Mutter „vergessen“; dann kam es vor, dass ich allein nach Hause lief – und bekam dann Ärger von den Kindergärtnerinnen und wurde am Ohr gezogen, bis meine Mutter sich für mich einsetzte und dies verbot.

Mein Ohr war seitdem nie wieder eingerissen, aber sie vergaß mich weiterhin, und ich lief dann nach Hause und sie war beschäftigt, Haare zu schneiden, vor allem Männern – und verwundert, dass ich schon da war.

Einmal war es dann so, dass wir mit zu meinen Urgroßeltern genommen wurden – wir besuchten sie selten, und mein Uropa begrüßte uns und nahm mich auf einem Sessel sitzend in den Arm und drehte mich so um, dass ich mit dem Rücken zu ihm stand. Er drückte mich an sich und legte seine linke Hand in meinen Schritt. Da ich oftmals Kleider anhatte, weil meine Mutter das schöner fand und ich mich benehmen sollte, wie ein Mädchen, berührte er auch deutlich meinen Intimbereich, wo er mit einem

Finger durch die Strumpfhose an mir rum spielte.

Mir war das unangenehm, er hielt mich aber fest, so dass ich nicht weg konnte und es dauerte (meiner Meinung nach) ewig, bis er mich losließ.

Ich hasste es, dort zu sein. Das passierte mir ungefähr mit vier oder fünf Jahren. Ich weiß noch, dass mein Bruder damals ein Kleinkind war und immer Geschenke von meiner Uroma bekam – sie möchte Jungs lieber. …Vielleicht, weil sie keine Gefahr für sie darstellen… meine heutige und gerade gewonnene Ansicht beim Niederschreiben…

Ähnliches passierte mir auch mit dem Vater der besten Freundin meiner Mutter, sie kannten sich schon seit der Schulzeit - wir besuchten sie bei ihrem Vater und ich kann mich erinnern, dass er nach Bier stank. Auch er fasste mich so an, ein paar Mal – auch diesmal sah es keiner und keiner erklärte mir, was geschah – ich fühlte mich nur eklig und hasste Kleider…

# Das Wort

Das Wort

das alles umschreibt

und

alles ausdrücken kann

wonach man sich sehnt,

ist

viel zu kurz,

um wirklich das Gefühl wieder zugeben,

was man empfindet,

wenn man Geborgenheit empfängt….

# M U T T E R

Sie sagte mir

DU gehörst zu mir

hab´ dich geboren

bin immer hier

bin deine MUTTER

tu´ was ich sag´

und sag´ es niemanden

bis in dein grab

ich will dieses Leben

mit ihm zusamm ´

und wehe´

du hältst dich nicht daran

dann kannst du was erleben

erleben was ist

wenn du mal wieder

nicht folgsam bist

du wirst es büßen

kann nicht verzeih´ n

du hast uns verraten

nur du allein

du hattest doch alles

was du brauchst

verstehe nicht

dein Schneckenhaus

ziehst dich zurück

kein Blick anbei

wie soll ich mich fühlen

fühlen dabei

du bist doch mein Kind

doch fühle ich nichts

ich hab´ dich geboren

geboren für mich

sagte es niemanden

wie sollte es sein

ich gebar´ dich

in die Toilette hinein

nie warst du da

da für mich

doch was sollte ich

mit dir für mich?

Ich mache weiter

gab dich her

erziehen

wollte ich

dich nicht mehr

wollte leben

leben so viel

doch alle erzählten

mir so viel

wie süß du doch bist

ganz Omas Kind

hast du mich vermisst?

ganz bestimmt!

also nahm ich dich

wieder ganz zu mir

gebar´ noch ´n ´ Sohn

hey,

stell dir vor´

nun bist du auch

eine große Schwester schon

ist das nicht toll

toll für dich

bist nun nicht mehr alleine

da für mich

kannst dich nun sorgen

für ihn gleich mit

nahm dich und ihn

in mein Leben zurück

Männer kamen

der eine blieb

der dich hatte

mich vertrieb

es war dir egal

nicht bewusst (?)

was er machte

gab´ mir ´nen Kuss

es ging weiter

so blieb es dann

und fasste mich

immer härter an –

keiner sah´ es

half mir ´raus

MUTTER sah´ es

hielt sich ´raus

dann kam der Kuss

nach den Schlägen so viel

hielt es nicht aus

es war zu viel

es ist nicht schlimm

stell dich nicht an

sagte MUTTER

und ich hielt mich dran

sonst wären die Schläge

auch wieder dran

dies Gefühl

verbrannte mich

doch dies erkannte

MUTTER nicht

sie lebte weiter

in der tollen Welt

die alles verspricht

alles hält

doch eins das war ihr

wohl nicht klar

wie viel Leid und schuld

verbunden war

mit ihrem Leben

und seiner Welt

die mich fesselt

die mich hält

habe versucht

zu entfliehen

doch MUTTER sah es

und hielt zu ihm

„es ist doch nichts“

„stell dich nicht so an“

ach, was soll ´s

ich hielt mich daran…

MUTTER sagte

es wäre alles okay

ich glaubte es dann

war stumm

… hielt mich dann

für ganz schön dumm…

**Will**´ se´ n Tee,

fragte Oma

dann und wann

sah´ mir meine Hölle

- wie alle -

leider nicht an

„Hilf mir bitte…“

flehte ich stumm

als ich sie umarmte

und hielt mich für dumm

MUTTER kam

nahm mich mit

und wieder begann der Höllentrip

schlimmer wurd‘ es

mehr und mehr

er gab mich einfach nicht mehr her´

hielt mich zurück´

durfte es nicht mehr

war für ihn da

mehr und mehr

MUTTER kam

lächelte still

war zufrieden

und so lief alles

wie sie es will

unendlich froh

endlich läuft‘s

dachte sie wohl

und hielt mich fest

zu ihrem wohl

Ich weiß nicht mehr

wie es war

doch plötzlich war ich nicht mehr da

hatte angst

es war so schlimm

und hielt mich bald darauf

selber

für ganz schön schlimm

wurde stumm

fühlte mich dumm

Zeit verging

Jahre auch

MUTTER hielt es

für mich aus

fühlte nichts mehr

war ihr egal

was ich fühlte

war so eine Qual!

bitte hilf´ mir

wollte ich schrei´ n

doch MUTTER blieb

kam mit hinein

mit

in meine Hölle hinein

wo er war

war sie nun auch

und beide

füllten mich nun aus

dann wird s dunkel

ich weiß es nicht mehr

MUTTER natürlich

auch nicht mehr

doch was soll ich sagen

wie es weiter ging

ich war fünfzehn

noch ein Kind

wusste nicht

wie es weiter ging

was sollte ich tun

bildete ich es mir ein?

beide

kamen ins Zimmer hinein

blieben dort

und ich ging fort

hoch hinauf

in mein Versteck

weiß nicht warum

und wann es war

plötzlich war ich nicht mehr da

hielt mich gefangen

mich versteckt

ich war für alle

ganz weit weg

MUTTER kam

war nicht mehr da

für mich als MUTTER

unnahbar

ich versuchte zu leben

ganz weit weg

und fühlte mich

wie ein Haufen Dreck

MUTTER kam

sah´ mich an

hielt sich weiter

an den Mann

mit siebzehn dann

´n Geistesblitz?

hielt ich mich

nicht mehr zurück´

sagte ihm

ich will es nicht

und schlug MUTTER

ins Gesicht

sie sperrte mich ein

verlass mich nicht

schrie sie mir

in mein Gesicht…

leben kann ich mit dir nicht

# Einmal ohne Schmerzen

Ich möchte e i n m a l
ohne Schmerzen sein,
ohne Erinnerungen,
und ohne das,
was mich ausmacht,
nur
um einmal
zu sehen,
wer ich dann wäre,
wie ich dann bin…

# Der Vorhang lichtet sich …

und ich erkenne mittlerweile so viele
Erinnerungen wieder,
die mich erschrecken,
mich zittern lassen,
mich ein Gefühl von Ekel bekommen
lassen,
welches so schwer abzuwaschen geht –
es ist schwierig immer wieder
und immer mehr zu benennen,
weil es einfach immer unglaublicher wird
–
je mehr Erinnerungen kommen,
sich freimachen,

von Verdrängen, Angst und ´gelähmt´ sein,

erschöpft und formt den Tag,

zu einer Überlebensstrategie:

die anhält

mich verwundbar macht,

einfach verletzend ist…

Der Vorhang fällt

und enthüllt eine Menge Dinge,

die mir sehr zu schaffen machen

und meinen Körper entstellt…

ich bekomme Ausschlag, Infektionen, Gelenke tun mir weh´,

ich friere und mein Innerstes entzündet
sich ständig;

bekomme Wunden an vielen Stellen -

- vieles kann ich verdecken,

doch

es schmerzt, tut so weh´

sich nicht mehr zu verstellen -

und immer mehr dazu zu stehen,

dass es oftmals kaum auszuhalten ist -

das Leben unerträglich werden lässt

oft auch

der „Wunsch nach Sterben“

einfach da ist,

um der ganzen Qual,

- diesem ganzen körperlichen Schmerz -

(innerlich und äußerlich verpackt)

entfliehen zu können,

endlich mal „einfach Ruhe“ genießen zu
können…

*und wäre es nur für einen*
*einzigen Tag!*

ABER, wie gesagt –

es ist noch nicht zu Ende:

DER VORHANG LICHTET SICH,

er fällt:

Entblößt mein Innerstes -

der ganzen Welt!

# Schlaflose Nächte

Schlaflose Nächste
Bringen
Mich um den Verstand

Rauben
Mir den Schlaf
Um denken
Und handeln zu können
Den Tag zu bestehen
Und akzeptieren zu können

Schlaflose Nächte
Bestimmen
Mein Leben
Halten mich wach
Und fordern mich heraus
Sie bestimmen mein Leben
Seit ewigen Zeiten
Lassen nicht los
Und halten mich fest

Schlaflose Nächte
Lassen mich
Wach bleiben

Wenn andere
Zur Ruhe kommen
Sich finden
Ausruhen können
Um Kraft zu sammeln
Für die Tage
Die alle Energie benötigen

Schlaflose Nächte
Seitdem ich denken kann
Halten mich wach
Nächtelang

Ich kämpfe darum
Zur Ruhe zu kommen
Frieden zu finden
Um endlich
Einmal im Leben

Schlafen zu können…

## Es gibt Tage

Es gibt Tage,

da habe ich das Gefühl,

dass ich nicht alleine

laufen kann...

bitte nimm´ meine Hand,

stütze mich...

ich schaffe heute

das Leben so nicht...

Lass´ mich schlafen...

ich brauche Ruhe

Schutz, Geborgenheit,

fühle mich schwach,

voller Hilflosigkeit...

und kriege es nicht hin...

nur heute

bitte lass mich

nur heute

wie ein Kind sein...

kümmer' dich um mich,

ich brauche deine Liebe

nur heute

und

nur für mich!

Es gibt Tage,

da habe ich das Gefühl,

ich schaffe

das Leben so nicht...

# Zum ersten Mal...

Ich habe es nun begriffen, denke ich.

Ich habe für mich entdeckt, dass mein Leben nicht normal verlaufen ist und wird – ich wahrscheinlich nie dazu in der Lage sein werde, ein irgendwie „gesellschaftlich normal und anerkanntes Leben“ führen zu können. Wobei es mir nicht um eine konservative Betrachtungsweise geht, sondern nur um Normalität, die gelebt wird, werden kann: In einer Beziehung, mit Liebe, Arbeit, Lachen - glücklich sein.

Das macht mich traurig,

Wenn ich so darüber nachdenke, irgendwie auch etwas wütend, glaube ich - und ich habe das erste Mal wirklich begriffen, was das alles bedeutet für mich.

Ich sehe es nun. Ich sehe mich.

Und es macht mich wütend, zum ersten Mal… ein merkwürdiges Gefühl. Dabei wollte ich nur „Normalität“: Eltern, die sich um mich kümmern, mich lieben – eine Familie, die auch für meine Kinder da ist – Feste zusammen feiern werden, eine Ehe, die gut läuft und hält. „Normalität“ für meine Kinder…

Und es macht mich traurig, sehr sogar. Und dann merke ich, Tränen rinnen über meine Wangen. Normal für andere – aber nicht für mich.

Ich weine nicht.

Normalerweise.

Ich habe schon gedacht, ich kann es nicht mehr oder habe es verlernt.

Ich weiß es nicht. Vielleicht habe ich auch keine Tränen mehr – ich habe so oft geweint, versucht gegen diese verbale und psychische Gewalt anzukämpfen als Kind, es zu sagen, mitzuteilen – und nicht nur meiner Mutter. Ich wurde nicht ernst genommen oder gar gesehen.

Es wurde nichts und niemand hinterfragt, nur entschieden oder hingenommen. So ist es. Ende.

Ich begreife aber nun, dass das Leben für mich anders als für andere ist.

Ich konnte meine Kinder gut erziehen, weil mir emotional bewusst war und ist, was damals falsch gelaufen ist, in meiner „Erziehung“. Ich wollte, dass sie ohne diese ständige Angst und dieses ständige „auf der Hut sein“ leben können.

Sich sicher fühlen. Und frei. In jeder Beziehung. Ohne Angst schlafen, spielen, lernen können…

Ohne Zwänge - und ich hatte so viel Liebe in

mir und den großen Wunsch nach einem Kind! Einer Familie -

Und ich wollte Kinder, weil dies für mich etwas Wunderschönes, Einzigartiges ist, nichts, was „einfach so passiert“. Ganz bewusst habe ich mich für jedes meine vier Kinder entschieden. Ich wollte sie. Alle vier - und gerne auch noch mehr…

Eines – einen kleinen Jungen – habe ich während der Schwangerschaft verloren. Noah hätte ich ihn genannt. Er wäre nun 18 - aber meine anderen drei Kinder leben, sind da und sie sind so tolle Menschen geworden, was mich immer wieder sehr berührt! Sie sind gerade und aufrecht, wissen, dass sie sich immer aufeinander verlassen können, Streit nur Streit ist und nichts mit der Liebe zu tun hat, die wir füreinander empfinden.

Natürlich habe ich auch Fehler gemacht, ganz

bestimmt sogar. Aber ich habe versucht, sie nach bestimmten Werten zu formen, diesen kleinen Menschen, die mir geschenkt wurden und die so wertvoll für mich sind.

Ich wollte, dass sie sicher aufwachsen, mit dem Gefühl, unendlich geliebt zu werden. Für mich die wichtigste Basis überhaupt… alles andere baut darauf auf. Ich habe nach Gefühl gehandelt, wenn sich etwas falsch anfühlte, habe ich es nicht gemacht! Ausgebrochen aus den Kreisläufen meiner Familie, meiner Erziehung, meiner Angst habe ich meine Kinder nicht mit extremen Strafen und Prügel erzogen. – Ich bin fest der Überzeugung, dass so was nicht sein muss und ich genug Prügel bekommen habe für die nächsten nachfolgenden Generationen, was nicht heißen soll, dass mir nicht auch mal der Geduldsfaden gerissen ist und ich den Kindern einen auf dem Hintern gehauen habe; das habe, leider.

Aber da ist es in mir gerissen, überstrapaziert von der ganzen Verantwortung des Mutter seins, Studierens, Haushalt und Lernens, des Allein seins mit allem, was keine Entschuldigung ist und sein soll. Es war furchtbar für mich und ist es immer noch, ich schäme mich dafür – zu Recht. Kinder müssen nicht geschlagen werden.

Ich habe mich elend gefühlt, mit dem betroffenen Kind darüber geredet, mich entschuldigt. Und „Auszeiten“ mit eingebunden, in unseren Alltag. Auch für mich. Ich merkte, wie sehr man an familiären Dingen unbewusst hängt und habe mich von dem gelöst, was ich durch meine Familie kannte oder andere machten und meine eigene Methode entworfen... den Kindern ein „Time Out“ gegeben: auf einem Stuhl, Treppe oder neben mir, auf dem Spielplatz.

Wir entwarfen quasi unseren gemeinsamen Erziehungsplan und ich lernte aus meiner Au-Pair-Zeit in Amerika und auch gerade von und mit meinen Kindern, passte mich ihrem Rhythmus an und entschloss mich, in dieser „Erziehungssache“ nur nach meinem Gefühl zu handeln und hinterfragte das Erziehungsverhalten meiner „Familie“, meiner Freunde und Bekannten, las mich durch Ratgeber, holte mir gegebenenfalls Hilfe in Beratungsstellen.

Wenn wir nach Hause kamen, haben wir gegessen und getrunken, uns ausgeruht und uns dann für den Spielplatz oder der Musikschule etc. bereit gemacht. Im Sommer waren wir bis zum Dunkelwerden auf dem Spielplatz, mit dem Abendessen als Picknick dabei…

Wir waren oft draußen unterwegs, ich alleine mit den drein, ohne Auto, aber immer mit einem Haufen Essen und Getränke und Ersatzkleidung dabei. Der Kinderwagen war immer vollgepackt und wir immer unterwegs, Uhrzeiten waren keine Richtlinien damals, außer bei Terminen usw. natürlich, ansonsten „gehörte“ uns der Tag.

Trotz dieser großen Verantwortung (die ich damals gar nicht so sah) waren die Kinder- und auch die Jugendjahre meiner Kinder die schönsten meines Lebens. Wir haben viel unternommen und ich habe sie aufwachsen sehen, ihre Persönlichkeit veränderte, festigte sich und sie wurden wunderbare junge Erwachsene.

Und ich habe gesehen, wie es sein kann, frei aufzuwachsen, den eigenen Willen entwickeln zu können, wie sie ihren Körper sahen und sich entwickelten, ihr Körper nur ihnen gehörte...

Mir wurde vieles sehr bewusst, vor allem, wie wichtig Achtsamkeit und Respekt im Leben ist, gerade und speziell von Kindern, weil Liebe und Sicherheit für sie so wichtig zum lebensbejahenden Aufwachsen ist.

Ich hatte das Gefühl, ich bekomme einen Spiegel vorgehalten mit dem, wie es hätte sein können bei mir - und mir wird klar, dass meine Mutter mich nie geliebt hat, ich für sie immer nur eine Belastung war, ein Störfaktor in ihrem Leben. Weil ich mich auch immer so gefühlt habe…

Und wieviel mir dadurch genommen wurde – ich nie erlebt habe!

Und wie traurig das doch ist! Sie weiß nicht, wer ich bin und wer ich war. Und ihre „Tochter“ war ich irgendwie nie, in keinster Weise und werde ich auch nie sein.

Ich komme aus einem kaputten Elternhaus, einer kaputten Familie, die nur sich selber sieht und bei jeder Zusammenkunft mit Streit auseinander geht, weil Missgunst und Neid dort regieren, sich jeder selber ´Spinnefeind´ ist, sich keiner für und mit dem anderen freuen kann, egal was passiert – und sich keiner seiner Selbst wirklich bewusst ist. Liebe und Sex ist für sie etwas Alltägliches, mit dem ganz locker umgegangen wird, egal in welchem Alter und ohne, dass es als etwas Schönes zu sehen.

Mit 13, 14 wird den Mädchen schon die Pille verschrieben, für freie Sexualität schon früh plädiert, gleichzeitig aber die Botschaft „Kinder aus und mit Liebe zu kriegen“, negiert. Auch Schwangerschaft und Stillzeit werden nicht ernst genommen, Verantwortung in keinster Weise als das gesehen, was es ist: seine Kinder zu schützen und immer wieder nur der Lust zugewandt, wird dem Alkohol und den Kippen zugesprochen. Jedes Wochenende Party machen ist wichtiger als die Zweisamkeit mit dem neugeborenem Kind…gestillt wird nicht, weil man darauf keine Lust haben muss, das zu sehr einengt, dies ja nicht sein muss. Es gibt ja Flaschennahrung. Welch ein Glück… und den Partner mit einbeziehen, in jeder Beziehung, muss man nicht.

Liebe ist etwas Einzigartiges, finde ich, mit der offen und ehrlich umgegangen werden muss – Vertrauen, nur so geschaffen wird und Ehrlichkeit dann ebenfalls auch nur so gelebt werden kann. Eine Beziehung – egal wie ausgerichtet – nur mit Vertrauen, Ehrlichkeit und natürlich mit Liebe geführt wird... und alles andere baut darauf auf… das habe ich aber so in meiner Familie nie gesehen, auch bei meinen Großeltern nicht.

Ich bin oft krank, mein Immunsystem ist nicht mehr sehr gut. Wurde oft operiert in den letzten Jahren ...Sobald ich „Stress“ habe, reagiert mein Körper, ich bekomme Ausschlag im Dekolleté-Bereich, der bis ins Gesicht hoch geht, auch noch auf der Kopfhaut zu fühlen ist. Er tut mir sehr weh… niemand sieht es. Aber es ist spürbar für mich – wie so vieles, was so unsichtbar ist; es dauert Monate oftmals, bis dieser Ausschlag wieder weggeht - abgesehen von den Schmerzen, die mich oft lähmen, mich bewegungsunfähig machen.

Ich nehme nun ein Schmerzpflaster, alle drei Tage ein neues, damit ich das Leben bewältigen kann. Ich kann keine Schmerztabletten mehr nehmen, sie wirken bei mir nicht mehr.

Das Pflaster ist irgendwie einfacher zu ertragen, sage ich mir. Das Pflaster vergesse ich.

Und trotzdem: Oftmals kann ich nicht aufstehen, mein Körper reagiert nicht. Ich fühle mich schwach, nicht lebensfähig… und kann noch nicht einmal weinen. Ich liege dann da, zeit-los, sinn-los, ohne Ziel…

Einfache Dinge werden zur Plage, ich schäme mich dafür… ich bin doch nicht alt. Das wäre dann wirklich mal eine gute Entschuldigung. Aber das ist es nicht.

Ich will mehr als dies, was mit mir geschieht. Ich will Liebe und Leben und fröhlich sein und lachen und Lust erleben … aber all dies scheint in meinem Leben einfach nicht zu existieren. Ich versuche, ehrlich zu sein, zu mir und zu anderen, vor allem zu meinen Kindern.

Zu fühlen, so ganz und so tief – weil ich so bin. Emotionalität ist in mir, trotz allem, oftmals bin ich dadurch sehr sensibel, auch wenn es anders erscheint…

Wenn ich liebe, liebe ich - auch wenn mein Körper dies oft nicht verträgt, wie bei dem Vater meiner Kinder.

Bei Nähe verkrampfte ich - „obwohl ich ihn liebe, spüre ich es nicht, wenn er mich berührt. Ich weiß, er liebt mich, will mich spüren, in mir sein. Wenn es dann soweit ist, bin ich nicht mehr da. Denke an vieles, bin aber nicht dabei. Ich versuche Lust zu empfinden, zu zeigen, es muss ja so sein. Dann gehe ich duschen, weil sein Sperma mich schmerzt, im Intimbereich alles wie Feuer brennt, nur Wasser diesen Schmerz etwas lindert" - und hoffte, schwanger zu sein. „Das alles muss wohl so sein, ich will doch Mutter sein." Eine bessere, als die, die mich empfing... ohne darüber nachzudenken, dass Sex Kinder verursachen kann, auch mit 16 und in den 70ern.

Wie gesagt, es gibt schlechte Tage. An denen will ich mich vergraben. Nicht gesehen werden, einfach nicht da sein; da stört mich jedes Telefonklingeln, der Postbote an der Tür. Ich fühle mich ertappt, gefunden, obwohl ich doch einfach weg sein will. Ganz für mich leben will. Ungesehen.

Wenn ich raus gehe, ist es ein tiefes Einatmen für mich.

Anziehen, raus gehen, etwas schminken – vielleicht übersieht man dann meinen „Ich-muss-das-nun-schaffen“-Blick. Ich erledige, was ich erledigen muss. Bin dann vor dem Haus und sitze im Auto, steige nicht aus, weil ich geschafft bin und froh, wieder zu Hause zu sein. Endlich wieder allein, in meiner „Burg“: ich will alleine sein - steige erst einmal nicht aus.

Wenn ich dann rein gehe, bin ich wieder fit für die Kinder, die schon nicht mehr fragend schauen, weil sie es kennen, dass ich oftmals noch etwas mehr brauche als nur Zeit. Und langsam geworden bin, alles nur noch in Ruhe mache.

Zeit ist für mich wichtig geworden.

Vor allem die Zeit für mich. Ich nehme mir Zeit und habe sie, das erste Mal in meinem Leben; ich lerne zu „entschleunigen“, auf meine Gefühle zu hören, immer mehr und immer besser!

Und doch, manchmal fühle ich mich einsam, wäre oftmals so gern zu zweit. Und „normal“, nicht für andere, sondern für meine Kinder, für mich.

Um zu sehen, ob ich das auch kann, ohne dieses enge Gefühl in mir, was mir die Nähe zu jemanden nimmt, weil ich das Gefühl nicht mehr atmen zu können und nicht frei zu sein nicht ertragen kann, dann nicht mehr reden und sprechen kann – ich dann ausbrechen muss aus diesem Zirkel der Unerträglichkeit!

Ich will nicht alleine sein, aber zu zwei zu sein, ganz nah, halte ich nicht aus. Ich habe dann das

Gefühl, ich ertrinke, komme nicht mehr raus aus der Angst, zu versinken. Und meine Kommunikationsfähigkeit singt auf dem Nullpunkt, will dann nur noch raus, ganz sprachlos und stumm, unfähig Worte für diese Gefühle zu finden…

Nun sitze ich hier und dies alles geht mir durch den Kopf. Dabei knibbel ich an meinen Nägeln und merke es erst bewusst, als es anfängt zu bluten, es weh tut. Ich habe den Nagel abgeknibbelt bis ins Leben. So wie die anderen auch in den letzten Tagen. So war ich schon lange nicht mehr, so innerlich zerrissen: ich fühle mich auseinander gesprengt in Millionen Stückchen, die sich nicht mehr finden und verloren im Nichts, dass mir meine Existenz nimmt und nur noch atmen lässt…

Ich fühle mich besiegt von diesem Leben, was ich nie richtig leben konnte.

Bis auf ein paar glücklichen Momente einmal abgesehen, wo ich dachte, nun geht es endlich, das Schlimmste ist vorbei – musste ich immer und immer wieder um alles kämpfen, was für andere „normal“ ist. Liebe, Beziehung, Arbeit, Alltag…

Ich wollte Kinder- und Jugendtherapeutin werden, mit Kindern arbeiten, die ähnliche Geschichten haben, ein Haus haben im Grünen, Leben leben und einmal im Jahr auch in den Urlaub fahren; abgesichert sein für Notfälle, meinen Kindern was „bieten“ können etc..

Wieder kommt ein Weihnachtsfest, ohne eine Familie für meine Kinder, die sie ggf. auch mit beschenken würden, einfach da sein könnten, mitfeiern und das Zusammensein genießen könnten, obwohl doch so viele Familienmitglieder da sind, theoretisch.

Weil ich mit meiner Familie gebrochen habe,

aufgrund meiner Geschichte, die wahr ist und von meinen Kindern irgendwie natürlich auch mit getragen wurde, wird...

Weil ich erkannt habe, was für Lügner doch alle sind und wie falsch sie sind und dass sie einander nicht kennen, denke ich. Ich konnte nicht einfach so weiter machen, das war keine Familie für mich…trotz allem macht es mich immer noch traurig, fühle ich.

Es geht mir nicht um Geschenke, aber ein ´Zusammensein´ an Geburtstagen, besonderen Feiertagen,… das würde ich mir für meine Kinder wünschen - damit sie mal sehen könnten, wie es ist, eine große Familie zu sein. Und wie schön dies ist.

Als ich noch nicht wusste, wie verlogen alle sind, habe ich eine „Familie“ erlebt und ich fand es schön, fühlte mich wohl. Aber wahrscheinlich werde ich dies nur mit meiner eigenen Familie haben, mit den Partnern meiner Kinder und deren Kinder, nachdem sie etwas aus ihrem Leben gemacht haben, einen Beruf ergriffen haben und leben können, ganz frei. Ich bin so froh darüber, dass sie dies erreichen werden…das dieses Leben normal für sie sein kann. DAS macht mich sehr glücklich und absolut froh!

Ich hatte immer so viel Lebensenergie – ich weiß nicht, wo die geblieben ist. Vielleicht hatte ich sie auch nie – ich habe nur immer gedacht, ihr schafft es nicht, mich kleinzukriegen – ich bin anders, ich muss hier raus, will weiter -kommen, weil ich sehe, dass das, so wie es läuft, nicht richtig sein kann. Es fühlte sich einfach nicht gut an und merkte für mich, ich muss alles anders machen, tat dies dann, lebte anders und merkte bald, es fühlte sich besser und besser an. Ich hatte den Weg gefunden für mich, für meine Kinder…

Und nun, bin ich doch besiegt worden durch diesen ganzen Scheiß Missbrauch in meinem Leben. Ich liege am Boden und kann nicht mehr. Und weiß oftmals nicht, wofür ich lebe – abgesehen von meinen Kindern – oftmals ergibt alles für mich keinen Lebenssinn mehr.

Das sind dann schlimme Tage, aber sie gehören ebenso zu mir, insofern will ich ehrlich sein, weil ich auch das bin, Authentisch sein ist mir wichtig – weil nur so gesehen werden kann, wie facettenreich diese ganzen Folgen des Missbrauchs sein können.

Aber auch um Tabus zu brechen, muss man – MUSS ICH – ehrlich sein.

Das erste Mal habe ich kein Ziel in meinem Leben, keinen Druck… – vielleicht ist dies auch gut so.

Erst atmen lernen, sehen, fühlen, bevor wieder gekrabbelt und gelaufen werden kann – vielleicht ergibt sich dann alles wieder von selbst.

Zeit. Es braucht einfach Zeit.

Und wie es weiter geht!?

Ich weiß es nicht, aber ich fange erst einmal mit dem Wichtigsten an:

ATMEN!

GEHEN!

SEHEN!

Und wenn es mir dann auch mal wieder schlechter geht, fange ich wieder von vorne an!

# Ich fühle meinen Körper nicht...

das kleine Mädchen
sitzt darin,
schaut sich verwundert um,
fühlt die unstimmigen Wände,
gewöhnt sich daran,
irgendwie –
hält sich weiter fest umschlungen…

***ich fühle meinen Körper nicht…***
***Ich sitze im Nebel…***

***verunsichert schaut es sich um,***
***stumm und unbeweglich,***
***voller aufkommender Angst,***
***was will Mama´s Freund bei mir?***
***Wieso fasst er mich an,***
***was habe ich denn getan!?***

***Kann mich nicht bewegen***
***Nicht sprechen***
***Nicht schreien***

*Ich schmerze*
*Und kann*
*Nichts tun*

*dieses kleine Mädchen muss beschützt werden,*
*wer kann dies bitte tun!?*
*das Anfassen von fremden Händen auf dem kleinen Körper*
*löst Schmerzen aus,*
*Schmerzen,*
*die niemand erfahren sollte, vor allem niemand,*
*der so klein ist und ungeschützt*
*in einer Welt*
*die von solchen Taten nicht geschützt ist…*

*Gegen diese Schmerzen*
*Die so wehtun*
*Machen mich unbeweglich*
*Halten mich starr*
*Und ich habe das Gefühl*
*Ich bin gar nicht wahr…*
*weiß nicht, was gerade hier passiert*
*und was das alles soll,*
*wie so viel Angst ihren Körper halten soll…*

*Ich sitze im Nebel*
*Unbeweglich*
*ertrage ich*
*Diese Gefühle*
*Die nichts tun*
*Außer mich festhalten*
*In Unbeweglichkeit*
*Stummheit*
*Und mir Schmerzen geben*
*Die ich anscheinend*
*Vergessen hatte*
*Ich dachte es geht*
*Und schon*
*Sind sie wieder da*
*Ich bin gar nicht wahr…*
*Ich sitze im Nebel…*

und in ihr drin stirbt etwas,
bricht was weg
und ist verschwunden
vielleicht für immer,
bis sie es überwunden hat
diese Körperschmerzen,
die das Anfassen mit Zwang dem befriedigenden
Händen geschenkt wurde
und das Mädchen ganz tief drin
einfach so getötet wurde…

## ich will frei sein

ich will frei sein
von dem dunklen schatten
der mein leben bestimmt
ich will frei sein
von der scham
und der pein
die mich quält
nächtelang
tagelang
mein leben lang
alles bestimmt
ich will frei sein
meine haut reagiert
sie brennt wie feuer
auf vergangenes
löst sich auf
verändert das erscheinungsbild
hinterlässt narben
für andere unsichtbar
so schmerzvoll für mich
ich will frei sein

von schmerzen
äußerlich
innerlich
reaktion
auf vergangene tage
irreparable taten
die längst schatten sind
ich will frei sein
irreparable schäden
die meinem leben
immer noch
immer wieder
zügel anlegen
ob ich will, oder nicht…
ich will frei sein

# EINE FAMILE WIE KEINE

Familientreffen. Grillen mit Nachbarn, mit Freunden, mein Hintern wird angefasst, feste gedrückt – auf meine Brust gestarrt, wohlwollend und lange.

Alkohol: trink was, es gehört dazu. Ich bin 9 oder 10 oder 11 Jahre.

Und Gedichte vorlesen an Feiertagen, John Maynard, die Glocke... Monopoly, jeden Sonntag, gezwungen zum Glücklich-sein, zum Spielen... Familie, um jeden Preis! Der Preis war hoch, für mich... und ist es noch, wird es immer sein...

Wieder ein Wochenende in Holland, viele Fehltage in der Schule, trotz schlechter Noten – Familienfreizeit war wichtiger - versteckte Berührungen, die nicht sein sollten, ungeschützte Aufmerksamkeit, immer mit einem Auge wach sein – Schlafstörungen, aus Angst vor der Hand unter dem Schlafsack, unter der Decke, seine schlurfenden Schritte auf der Treppe – auf dem Weg zu mir… – ich bin 12.

Segeln in Frankreich, Dänemark usw., wieder wache Nächte und schlafende Tage. Ein Leben für die Außenwelt: goldenes Besteck und Lachs und Kaviar und große Autos. Immer zusammen in einer ungewollten und verängstigten Umgebung, IMMER aufpassen, was man sagt oder macht - keine Chance auf Eingliederung, keine Freunde, Vater weg…. Familie zwar nah – aber irgendwie auch weit weg… Keiner da – und keiner sieht richtig hin!

Keinen Ausweg! IMMER hier bleiben müssen… seltsam sein, für andere, für sich selbst – deplatziert - an jedem Ort!

Schule: Zufluchtsort und Schutz, da sein wollen, wie auch immer, schlechte Noten, Konzentrationsprobleme: die Arbeit liegt vor mir, die Aufgaben verschwimmen vor meinen Augen - ich sehe sie nicht, meine Gedanken sind weit weg, ich kann nicht denken, nichts sehen – keine Möglichkeit zu gewinnen, in jeder Hinsicht!

Ich bin anders als die anderen, ich werde nicht mit einbezogen und ich bin die letzte bei der Auswahl im Sportunterricht – aber ich passe mich an, undurchschaubar und voller Angst vor jedem Tag!

Mittags, nach der Schule, sitzend vor der Tür – sie ist nicht da, ich „muss“, habe Hunger, keiner da – ich bin 11 und es wurde fünf. Und habe Hunger, morgens, in der Schule und mittags – dann war sie wieder da, es wurde ein Essen vorbereitet, er kommt gleich und es wird gewartet, vorbereitet – ich habe Hunger, muss warten mit dem Essen, bis er da ist, alles vorbereitet ist, für ihn. Mein Bruder und ich interessieren nicht: der Hunger geht, wir sind satt – vom Nichts-Essen, nicht beachtet werden, alleine sein. Wir essen um

20 h, das erste richtige Essen am Tag, …

Geschenke zu Weihnachten, Wünsche bleiben unerfüllt, es gibt das, was für mich übrig bleibt - Weihnachten…. Bei ihm wurde immer geschmückt, vor allem zu Weihnachten – wir haben Bäume verkauft, zu Weihnachten. ES blieb keiner übrig und es musste noch einer geholt werden, irgendwie…gefroren habe ich immer, meine Kleidung und Schuhe waren oft zu klein, zu kurz - nicht wichtig für sie. Ich bin ihr egal. Warum auch immer. Sie sah mich nie – nur so, wie ich für sei sein sollte. Lieb und brav und folgsam, mit guten Noten in der Schule, vorzeigbar für alle…

Für sie zählte nur ihr guter Geschmack, sein Geld, Aussehen, irgendwie Macht. -

Ich habe keine Zeit für Tränen – es wird schön gemacht für andere, unsere Wohnung ist unberührt – unsere Wohnung bleib schmucklos, kein Ostern, kein Weihnachten, keine Geburtstagsfeier. Neutral und zeitlos.

IM Auto: betrunken und fahrend nach Hause, mit dem Flachmann in der Hand, mal schnell aus der Handtasche geholt oder aus dem Handschuhfach des Autos….

Eine Ohrfeige, wenn man sich nicht anpasste, „lieb´“ war - Angst, zu Bett zu gehen und Angst aufzustehen – Angst, wenn … Er prügelte auf sie ein, ich ging dazwischen, er holte aus und schlug mir ins Gesicht, schubste mich fort – von da an, sah´ ich nur zu, hörte zu – er zerrte mein Bikini-Oberteil am Strand von mir weg – das brauchst du noch nicht, mit 13, 14… Lächerlich, du hast ja nix!

KEINE Lügen, erzähl´ mir nix – und ich fiel in Ohnmacht; sie schlug mich wieder wach und brüllte: Erzähle mir keine Lügen – du gönnst mir mein Glück einfach nicht; womit habe ich dich nur verdient: es riecht nach SEX, sie umarmt mich, ich muss würgen, unterdrücke es,…

Irgendwann, wir sind auf einem Parkplatz - mal WIEDER und mal wieder im Auto, sie ging mal eben weg: „ich komme gleich wieder" und sie ging weg – es kommt mir und meinem Bruder lange vor, wie Stunden. Dann kommt ein Mann, gibt mir und meinem Bruder Geld, 50 Mark für jeden von uns, so viel Geld, ich war 8 und er 5, wir bekamen auch noch eine Kiste mit Obst und Gemüse! So viel auf einmal … Sie steigt ein, sieht zufrieden aus, ruhiger als sonst - Kommt, gebt mir das Geld, ich hebe es für euch auf - und wieder ein neuer Pelzmantel, ein Flug in den Urlaub, ein neuer goldener Ring, bevor sie noch zu einem anderen Mann ging…

Wir sind auf einem Parkplatz, rund um eine Mauer, weiter weg ein Laden - sie geht mal eben hinein und ist wieder für Stunden weg.

Angst, nicht lesen zu können, um sich zu vergessen - und die Welt um mich herum… - mich „weg-lesen“, welches mir das Überleben sichert, in einem Leben, was kein Leben ist…. Sich nichts zutrauen, sich alleine und deplatziert fühlen – unsicher und ängstlich – weg sein wollen… nicht da sein wollen, in dieser Angespanntheit, jede Stimmung wurde eingehend geprüft, bevor ich mich traute, was zu sagen, fragen – Zeugnisse zu zeigen, Klassenarbeiten… und Himmel, es war kaum zu ertragen, das Gefühl, es ist alles zu viel!

Viele überstandene Lebensjahre in einer Welt voller Unbehagen, Angst und Schatten und den Schlägen, die immer schlimmer wurden, mit Gürteln, Stöcken und Kleiderbügeln, auf meinem Körper ausgetragen – Mutter sah weg und ging in die Küche, ließ mich alleine mit ihm; rückblickend muss ich sagen, ich glaube, er hatte Spaß daran!

… und im Sportunterricht sagte ich, ich habe das Schwimmzeug vergessen, weil die blauen Flecken überall zu sehen waren und ich nicht wollte, dass dies jemand erfuhr – schließlich war ich Schuld daran, dass es so war, wie es war - wenn ich doch nur anders wäre, lieber, besser in der Schule, dann wäre es nicht so…

Mit 13 musste ich mitfahren in seinen KFZ-Laden, um „mir in der Schule zu helfen“, so die offizielle Version. Ich hatte zu viele schlechte Noten, war extrem versetzungsgefährdet, Verdrängung funktionierte noch nicht, ich war in der 7. Klasse mit 5 fünfen und einem blauen Brief in Mathe, Deutsch, Englisch, Erdkunde und Physik - und hilflos, in Schock und voller Angst von und vor dem, was er mit mir macht, nun nicht nur bei Nacht, sondern auch am Tag!

UND dass er dann noch mehr Zeit mit mir und für mich hatte, ahnte ich schon und weinte jeden Mittag, wenn er kam und mich abholte! Ich wollte nicht mit ihm alleine sein und hasste diese Noten, diesen Kopf, der mich in der Schule zwang an die Nächte zu denken, in denen er zu mir kam und mich anfasste, meinen Körper berührte, ganz langsam und zärtlich… – reichte es nicht, dass er nachts zu mir kam!?

Nun fing das Ganze auch noch am Tage an – und wieder hielt ich den Atem an, schloss die Augen und flog zur Decke und als er mich bei Tageslicht dann auf seinen Schoß hob, spürte ich es nicht mehr; als er mir in die Hose ging, war ich schon nicht mehr da... – und auch nicht mehr das Kind!

# Flashback

Angst
gelähmt sein
voller
Furcht
**hilflos**
Bilder
ohne Ende
Gefühle:
voller Schmerz!
**S t u m m h e i t**
Reglosigkeit
**L Ä H M U N G**
dies alles
in einer
AUSWEGSLOSIGKEIT
kein Entrinnen
kein Entkommen
AUSHALTEN MÜSSEN
**Z E I T L O S**
F l a s h b a c k

Träume
**Kopfschmerzen**
**Übelkeit**
Endlose Schmerzen
**Halten mich fest**
**Unfähig zu handeln**
Vermischte Welt
**Müdigkeit**
trotzt
Schlaflosigkeit
Falle tief
in die Einsamkeit
der Lähmung
verdrehte Welt
alles Vergangene
ist real
zeitlos für mich
Schmerzen
**Reglosigkeit**
Ist gegeben
für mich
...der Flashback
ist alleine für mich -
helfen, das geht einfach nicht...

# Seltene Momente

Da erhasche ich
Ein Bild von mir
Von dem Mädchen
Das ich mal wa(h)r
Es ist so weit weg
Nicht mehr wahr
Ich sehe sie an
Erkenne mich
Aber es ist nicht real für mich
Ich sehe das Mädchen
Ist so tief verletzt
Hält sich umschlossen
Mit den eigenen Armen, fest
Tränen laufen ihr über s Gesicht…
Doch das Mädchen
Das bin ich doch nicht!
Sie ist so schutzlos,
ohne Halt,
blutet aus vielen Wunden,
Nur sichtbar für mich…
Nackt!

So angreifbar!
So schutzlos!
Jung…
Und wunderschön…
Warum konnte ich sie niemals seh´n?
Ich schließe die Augen,
…Kann es nicht mehr seh´n,
Es tut so weh…
Kann es nicht versteh´n!

# SOMETIMES

it´s like
I still feel the touch
on my skin
from his hands
very deep within
the hurt & the pain
inside of me
appears so sudden
amazingly
I see myself
up above
without hurt
and feelings
the situation
above
...and the feeling inside of me...
I feel shame
and sadness,
could cry a lot
but all of the sudden
I freeze a lot
STOP the pain and hurt and touch
of his hands on my skin
so deep within...
the pain is still within

# Haben und sein

Es war so schwer
hier zu bleiben
und alles zu fühlen
was das HEUTE betrifft

weil das GESTERN
so verloren
und vergessen ist
tief vergraben
im HABEN und SEIN

tief in mir
wo soll es denn sein?

? DU willst, dass ich suche?

? SAGE MIR WARUM?

…oder wühlst DU gerne
im Misthaufen herum?!

## manchmal

*ist es so schwer*
*aufzustehen*
*und durchzuhalten*
*nett zu sein*
*und ehrlich zu mir selbst*
*ohne laut zu schreien*
*zu weinen*
*und alles einfach nur*
*hinzuwerfen*
*und den Mut nicht zu verlieren*

***manchmal***

*ist es so schwer zu leben*
*mit all´ den Geschichten*
*und das,*
*was **mich** ausmacht*
*und fühlen lässt….*

# Ich weiß nicht mehr

Ich weiß nicht mehr
wie es sich anfühlt...
Ich weiß nicht mehr,
wie es ist...
ich fühle nur diese Leere,
die niemals erlischt...
sie wird mein Feuer,
das mich verbrennt...
alles in mit tötet,
alles verbrennt...
es geht immer so weiter,
tagaus und tagein...
und frage mich:
Wie geht es weiter,
wie wird es sein...?

# EINFACH SO

zum schutz vor allem
zum schutz vor mir
errichte ich eine mauer
die so hoch ist
das auch ich sie
nicht mehr
bezwingen kann
die einzige hilfe
die es gibt
ist die hilfe der zeit
die mir hilft
wieder ich zu werden
ein ganzes ich
ohne grenzen
und frei wie ein vogel
der seine eigenen mauern
überfliegen kann
immer dann
wenn er will

einfach so

# SEX mit fünf

Wir liegen im Bett, streicheln uns –
die Erregung steigert sich, verwandelt sich in
Lust und ich bin so froh, ich bin noch da, kom-
plett und fühle, so wunderbar –

plötzlich:

ist mir schwindelig, Übelkeit steigt auf:
ich unterdrücke es,
das Geschehen nimmt seinen Lauf –

plötzlich:

sehe ich Bilder,
die etwas verschwommen sind,
aber klar und deutlich mich zeigen:
als Kind!

Ich blinzle – verstehe das nicht,
was hat das mit diesem Gefühl hier,
dem JETZT zu tun,
wieder holt es mich ein,
ich will das nicht,
versuche mich zu wehren,
schaffe es nicht,
diese Bilder sind nicht zu verwehren

plötzlich:

ich sehe
wie du mich zwingst
dich zu berühren,
ich ekel mich
will das nicht,
doch dies zu sagen,
schaffe ich nicht…
ich vertraue dir, du warst immer da,
kanntest mich –
was soll ich
mit diesem „Geschenk“
– mit fünf –
für mich?

Ich verstehe dies alles so nicht –
du sagtest,
berühre mich
und nahmst meine kleinen Finger
und führtest sie
in dich -
an einem Ort,
den ich nicht kannte,
oder brauchte -
es ekelte mich,
denn
„stinkende“ Finger

mochte ich nicht…

…geschockt, verstummt,
nicht mehr in der Situation,
emotions- und handlungsunfähig
du fühltest es
schaust mich an,
verstehst es nicht
ich bin verwirrt, fühle gerade nichts -
drehe mich weg von dir
und bin so stumm…

die Gedanken tragen mich weiter,
lassen Gefühle und Bilder zu,
die mir Übelkeit bringen,
mich würgen lassen…
die Wahrheit erkennen lassen,
weinend drehe ich mich um –
so was brauche ich doch nicht auch noch,
nicht auch noch in dieser ganzen Erinnerung!

# Ich erinnere mich

Ich erinnere mich jetzt

an (fast) alle Einzelheiten

der **Übergriffe**

an alle **einzelnen** Übergriffe **!**

meiner Kindheit

der Vater der besten Freundin meiner Mutter -

eine Frau, der ich vertraute -

der Stiefvater meines Opas -

der Mann in der Nachbarschaft -

… und der Lebenspartner meiner Mutter zum Schluss

es ist unerträglich

und reicht für alle Zeiten

die Verwundbarkeiten zu heilen –

wenn es eine Heilung überhaupt gibt

fünf Übergriffe

zeitlich verteilt in den Jahren ab vier

musste ich ertragen,

ohne Hilfe von „Mama oder auch Papa“ –

keiner sah´ es, schaltete sich ein,

obwohl es offensichtlich für so viele war,

wie unerträglich das Leben

für mich „zu Hause“ war

- über lange Jahre verteilt!

es fing damit an,

dass man mir als Kleinkind

- bei Besuchen -

zwischen die Beine faste,

meine Unterwäsche zwischen den Fingern fasste

um zu fühlen, was darunter ist,

kindliche Scham einfach abgewischt

ich fühlte mich unwohl

wollte es nicht

doch keiner achtete

da auf mich

etwas später dann, fasste mich

der Stiefvater meines Opas an -

ähnlich wie der Mann vorher

reizte ihn meine Scham,

auch er fasste diese an

der Frau, der ich vertraute,

spielte mit mir

erzählte mir Geschichten

und sagte, mache das mal, fasse mich an…

auch wenn es nur zweimal geschah´

und sie jung an Jahren war…

brannte es sich ein,

war verbannt für über dreißig Jahre

und fiel mir dann 2008

wieder ein

dann zogen wir um

in die Wohnung

des Freundes

als Übergangszeit

Misshandlungen, Missbrauch

erhielten ihren „festen“ Platz

in meinem Leben,

ungeschützt und von sexueller Gewalt umgeben,

ignoriert von der Mutter …

„sollte sie nicht besser Acht auf mich geben!?“

lange Jahre des Schmerzes und der Pein,

Abwertung und Misshandlung in jeglicher Form

war ich die manipulierte Marionette,

die an den Fäden funktionierte

wie er es brauchte :

jeglicher Widerstand

wurde erdrückt

und immer wieder weiter unterdrückt, degradiert

bis er nicht mehr da war

und **kein** Widerstand mehr geleistet wurde,

auch kein **NEIN** meinen Lippen mehr entfuhr,

Sprechen allgemein für mich an Bedeutung verlor

das ÜBER-ICH einfach mächtiger war

und immer mehr wurde, bis ich irgendwann verschwunden war…

der Nachbar

- ein älterer Mann -

fasste mich beim Schwimmen

an meine wachsenden Brüste an –

von da an vermied ich

jeglichen Kontakt

fühlte mich immer „nackt“,

„jeder“ konnte es sehen –

dass ich es zugelassen hab´

Berührungen einfach ertragen hab´,

ohne es wirklich zu sehen…

Aber hey,

ich war vier, fünf, sechs, sieben… und zehn

und auch mit elf, zwölf und dreizehn

konnte dem nichts entgegen steh´n

sprachloser und stummer wie nie

tanzte ich für ihn, wann immer er es brauchte und wollte

Besuch wurde verboten,

das Telefon sogar mit einem Schloss verschlossen,

oftmals sogar die Wohnungstür ganz verschlossen – niemanden irgendetwas erzählen!

was passierte nur hier?

und eh´ ich es bewusst wusste,

verdrängte ich nur…

hatte so viel Scham und diese große Schuld

daran,

missbraucht worden zu sein!

und wurde immer mehr beschmutzt…

Jahre später – wie gesagt

mit knapp über **d r e i ß i g**!

fiel mir all dies wieder ein

und fraß sich

- wie eine Zecke auf der Haut -

in mein Leben mit ein…

Von da an war alles gezeichnet,

Erinnerungsschübe und Schmerz

mein Körper machte deutlich,

dass es nun nicht mehr funktioniert –
das Gedächtnis wohl wusste,
wie der Selbstschutz funktionierte,
dieser aber plötzlich nicht mehr funktionierte …

ich wurde krank,
konnte nicht mehr
verlor alles
und noch vieles mehr…

Alles was ich dachte und machte, gelebt habe,
war nicht real für mich,
ein Theaterstück,
einfach ´ne Schau
und wirklich ´ne Qual –
das Leben war gelebt von mir
dachte ich –

und hatte das Gefühl,

als erwachte ich!

Nichts war mehr, wie es vorher war

Alles verdreht

Und einfach nicht wahr –

ich war alleine

und verabschiedete mich

die Welt wurde dunkel um mich,

ein BURN OUT mit über 100 Symptomen deckte mich zu,

beschützte mich

und gab´ mir Ruh´!

für eine kleine Weile….

# Buchstaben

*zu Worten zusammengefasst*

*ergeben*

*Texte mit Inhalten,*

*die oftmals verborgen sind…*

*die Analyse und Interpretation*

*lasse ich nur bedingt zu -*

*verstehe es doch,*

*es ist nicht so,*

*ich bin ein verlorenes Kind -*

*´gesegnet´ mit nie erkennbarer Ruh´*

- *Alleinsein unter Vielen –*

*Lassen nur die Buchstaben es zu,*

*mein Leben an sich zu fühlen!*

*Diese Buchstaben,*

*zu Texten verfasst,*

*als Bücher mein Anker des Lebens –*

*hielten sie meinen Kopf hoch –*

*doch meinen Körper vergebens….*

# Erinnerungen...

…Letze Erinnerungen an einen schönen Urlaub, Papa und Mama sind zusammen, alles ist gut, zählt für mich.

Ich war glücklich, ein Kind, ganz normal!

Bis auf die Nacht, in der ich hörte, wie einer weinte, ich stand auf, ging ins Wohnzimmer.

Ich war sechs, ein Schulkind.

Da saß er dann, schlug einen Rahmen kaputt, ein Bild, selbstgemacht von ´Onkel Steffen´ – ich rannte ins Bad, verband seine Hand mit Toilettenpapier, weinte mit, umarmte ihn, er sagte, sie ist weg, bei ihm!

Ich wusste nicht, was er meinte, ich war zu klein, er nahm mich in den Arm, brachte mich zu Bett.

Am nächsten Morgen dann, war Mama noch weg, es war nicht schlimm, ich liebte Papa, war ganz sein Kind.

Ich ging zur Schule - da war sie dann, holte mich aus der Schule und meinen Bruder aus dem Kindergarten. Wir fuhren in einem Auto weit weg.

Hügel hinauf, hinab - es war lustig, wir schauten nur raus, doch dann parkten wir. Mama sagte, wir bleiben nun hier, verstört sahen wir wohl aus, wir wollten zu Papa, wir wollten nach Haus… Wir blieben ein Wochenende dann bei diesem fremden Mann, bei der Gelegenheit, schlug er uns auch – wir waren irritiert, wollten nach Haus – so was kannten wir beide nicht. -

Am Montag kam Papa in der Schule an, weinend nahm er mich in den Arm, da kam Frau Otto auch schon an, sah es und sprach zu ihm.

Ich weinte, er heftig auch, seine Augen sahen gerötet aus: Mein Papa sah so traurig aus! Er nickte mir zu, komm nach Haus!

Die Pause war zu Ende, ich ging zum Klassenraum, Frau Otto rief mich hinaus und sah mich lange an. Sag was, wenn ich helfen kann – ich bin für dich da, hier und jetzt! Du weißt, wo ich wohne und heiße, klingle da.

Sie nahm mich in den Arm, ich weinte da, verstand die Welt nicht mehr.

Ich ging nach Hause nach der Schule, Mama war nicht da, Papa wartet auf uns, verschwand dann mal und die Dinge nahmen ihren Lauf – Mama war nun da, der Papa weg, ich verstand das nicht, alles änderte sich - wir zogen weg.

Es freute mich, weil wir nun gegenüber von Oma und Opa wohnten, bei meinen Freunden, ich nun da zur Schule ging, mein Bruder dann irgendwann endlich auch. Papa war irgendwie nur kurz dann da, der Freund von Mama, war immer da, stöhnte so komisch mit ihr, wenn er bei ihr war…

Wir zogen wieder um, Mama wollte allein sein.

Ich war traurig, so allein, meine Freunde weg.

Wir zogen zu ihm, ins gleiche Haus, erinnere mich nicht…, es nahm alles seinen Lauf. Wir schliefen erst bei ihm, dann zogen wir hinauf. Ich hatte ein Zimmer, mit Mama zusammen, aber da sie unten schlief - ich war sieben oder acht - war es nicht so schlimm.

Nur wenn der Vollmond schien, kam sie zu uns hinauf, ansonsten war sie nur bei ihm.

Mein Bruder, der war drei, vier, fünf… akzeptierte ihn und hielt zu ihm - er war sein neuer Papa schon und er auch bald sein Sohn, er liebte ihn.

Für mich blieb irgendwie kein Platz, ich war ein Versager, mein Bruder der Schatz…. Mama adaptierte dies und ich war nicht mehr da.

…und Papa?

Papa lernte `ne andre Frau kennen, interessierte sich nicht - nicht für meinen Bruder, nicht für mich… Und zeugte ein neues Kind, seinen Sohn, an dem er von da an hing, er blieb von da an nur bei ihm.…

Wir waren nicht mehr wichtig, konnten uns ja melden, wenn wir was wollten, waren ja alt genug.

# ICH LACHE NICHT MEHR, UM NICHT ZU WEINEN...

VIELE sagen,

gehe weiter,

lass den Missbrauch „hinter dir“,...

höre auf,

darüber zu schreiben, zu reden, nachzudenken...

gehe weiter und sehe andere und anderes,

was so viel schöner –

so viel gesünder ist! Sei erwachsen (!?)...

Lebe dein Leben, vergiss den Missbrauch, die Misshandlungen...

und – vielleicht – verzeih´...

wenn ich nur verdeutlichen könnte, dass genau dies,

mein sehnlichster Wunsch,

mein dringlichstes Verlangen ist!

Ich wünschte, dass dies ALLES vergessen und ungeschehen zu machen ist!

ZEHN JAHRE aber nicht so einfach wegzuradieren sind!

ICH absolut im Hier und Jetzt lebe!

UND Vergangenes aber trotzdem nicht immer Vergangenes ist,

es mein Leben, Erleben und Fühlen geprägt hat,

mich unbewusst beeinflusst, immer und überall,

bewusst und unbewusst -

fühlen lässt, völlig egal

wie alt mich das Leben werden lässt –

ich durch viele Folgen des Traumata beeinträchtigt bin,

schon immer wa(h)r –

dies aber gut verdrängt, weggeschoben,

nicht gesehen, gefühlt habe!

Nun ABER kein Kind mehr bin,

dass dies verdrängen muss,

um zu ÜBERLEBEN -

dies alles ABER,

ein Teil von mir ganz einfach geworden ist –

weil es doch mein Leben ist… mit dazu gehört,

wie auch die schönen Erinnerungen -

ich ihm aber keine Macht mehr über mich geben werde,

dies nun gelernt habe -

es aber da ist – egal wann!

Ich es aber auch oft positiv vergessen kann…

vieles nun genießen kann,

seitdem mir alles viel bewusster ist,

ich weiß, was passiert und geschehen ist...

das Negative UND das Schöne einfach mein Leben ist –

ich gemerkt habe,

dass Flashbacks und Erinnerungsschübe und die ganzen anderen Folgen dessen:

mich auf den Boden geholt haben –

ICH NUN NICHT MEHR LACHE, um NICHT ZU WEINEN,

traurig zu sein ... ich sein kann!

ich einfach leichter fühlen kann!

sein kann, wie ich eigentlich bin –

mich finden kann!

Mit allem, was mich ausmacht, fühlen lässt... – erleben kann!

Nähe nun auch, nach so vielen Jahren UND

NUR wenn ich WILL und KANN, egal mit wem –

erleben und genießen kann...

mein Leben lebe und akzeptieren kann...

es aber mein Schatten ist,

der meist kleiner, schwächer wird,

nicht mehr ganz so dunkel ist –

selten mich auch noch einfach überfällt,

weil es nun für mich einfach Realität ist,

es nicht verdrängt wird,

sondern mit den Folgen dessen besser im HEUTE bestehen lässt...

ICH vergesse und verdränge nicht mehr,

lebe aber wieder,

mit allem ...

was es für mich bedeutet –

und für mich fühle,

dass ein Verzeihen,

- das zehnjährige Rauben meiner Kindheit und Jugend -

für mich NICHT stimmig ist,

ich auch nicht vergeben will und kann,

für etwas, wofür es keine Entschuldigung gibt,

dies nicht verzeihen, verstehen will –

ich aber einfach leben will,

schreiben, reden, denken, fühlen will und kann,

über alles,

was mich betrifft,

auch

- und vielleicht gerade dann –

wenn es „Schlechtes" und ein Teil meines Lebens ist!

Versteckt wird nicht mehr,

es gibt kein Geheimnis mehr, keine Manipulationen –

und darüber zu reden und zu schreiben,

vielleicht empathischer zu machen und aufzurütteln,

andere vielleicht sehender zu machen, verständnisvoller –

ohne Mitleid erzeugen zu wollen!

Ein Missbrauch

– so schlimm er auch ist –

nicht mit dem Missbrauch an sich endet,

sondern dass man im Leben „danach" immer noch und immer wieder betroffener davon ist –

**ABER kein Opfer mehr in der Opferrolle ist,** sondern wieder leben kann!

An guten wie in schlechten Tagen,

auch wieder lachen kann...

Wenn all dies dazu beiträgt,

dass nur ein paar Menschen meine Texte lesen,

dadurch besser verstehen,

vielleicht auch richtig hinsehen

diese vielleicht weiter geben...

hat sich das Schreiben gelohnt,

ist das  - vielleicht - mein Lebenssinn!

# ANGSTfreie Nächte...

Ich schrecke empor aus einem Schlaf, der doch keiner ist und versuche diesen schlechten Geschmack wegzubekommen, der sich in meinem Magen verbreitet und meine Kehle hochsteigt, mir einen schlechten Geschmack im Mund schenkt und mir ein vertrautes Gefühl gibt,… Welches lange her, aber sehr gut bekannt ist, nicht vergessen wurde, nicht vergessen wird…

***…Seine leisen Schritte auf der Treppe...***

Nicht vergessen werden kann, weil es sich eingebrannt hat… – seit so vielen langen Jahren!

In meinen Erinnerungen und Träumen lebt und mich immer wieder mitreißt in den Abgrund der schlechten Erinnerungen, den ängstlichen Gefühlen, der wilden Angst, die immer wieder auflebt, immer dann, wenn ich denke, es ist geschafft…– Ich habe es bezwungen, kann endlich freier leben und angstfrei schlafen, habe angstfreie Nächte…

## *…leise wird die Tür geöffnet…*

Doch der Schatten lauert in der hintersten Ecke und lässt mich wissen, dass er da ist, immer dann, wenn ich mich sicher fühle, besser klarkomme und beginne zu vergessen, irgendwie zu LEBEN, die Angst und Unsicherheit ganz weit weg schiebe…

… dann kommt er, ganz langsam erst, unentdeckt… schleicht sich heran, erschreckt mich, hält mich fest, lässt mir keine Zeit, keine Ruh´.

Und er deckt mich zu, drückt mich nieder, hält mich fest und meinen Mund feste zu… Und seine Hand findet die Unberührtheit und lässt es zu, Spuren zu hinterlassen, die (fremden) Augen nichts sehen lassen…

Keine Möglichkeit mehr zu verdrängen, weg zu schieben, damit zu leben...

LEBEN –

Das würde ich gerne, ganz angstfrei, ohne das Gefühl, dreckig zu sein, duschen zu müssen, sauber sein – geruchsfrei von seinen Händen, seinem Geruch,

***seinen Händen auf meiner Haut,***

die irrationale Gefühlen hinterlassen, das Kind in einem sterben lassen, hoch an die Decke fliegen lassen, sich toll ?!?!? fühlen lassen, der Mama „Eifersucht“ entlocken lassen – diese schaut dann nicht mehr hin!

Es ist nicht das Kind, die Tochter, die um Hilfe sieht, sondern die Konkurrenz, der das

Schweigen aufgelegt – für immer in die Ecke geht…

dort ganz alleine steht – keiner sieht mehr hin…

lebendig begraben nach Liebe suchen lassen…

in allen Augen unsichtbar nach Hilfe schreien lassen – bitte lass mich doch nicht da!

Aufmerksamkeit falsch geschenkt, gedankenlos angetan… triebhaft Befriedigung geheimst, ganz versteckt, daheim…

Was macht er bloß? Ich habe das Gefühl, es sieht mir jeder an…

meine Kindheit und Jugend völlig vertan, verraten, vereist, …

zugefrorene Tränenwege hinterlassen Spuren in meinem Leben, ungeweint und ungeliebt, niemals in Liebe – sondern in Schmerzen vereint, mit Erinnerungen verschmiert und tot geliebt, fühle ich nichts mehr, bin auch nicht mehr da – sehe meinen Körper und versinke, ganz und gar – halte mich fest an der Decke, entkomme so der Gefahr, die niemals wirklich wa(h)r…!?!?!?

…entkomme nie der Gefahr, sie war immer da, geschnürt mit Angst, wie dieser Juckreiz, der plötzlich da ist, meine Haut brennen lässt, MICH mich ganz aufkratzen lässt, irgendwann aufwachen lässt, blutend vor Schmerzen erkennen lässt… geschlafen habe ich nicht

– ich war immer da und auch nicht, entkam aber nie der Gefahr…

ich wache auf, die Tür fiel zu,

ich hatte endlich wieder meine Ruh´ und fiel in einem traumlosen Schlaf.

# „Gips-Bett“

hält mich fest

bewegungsunfähig

liege ich darin

jeder lächelt:

ich kann mich nicht bewegen,

erstarrt im eigenen Leben –

ich hänge fest darin,

alle sehen es –

keiner hilft –

tätscheln meine Wange,

streifen mein Haar –

lassen mich zurück:

alleine im Gips-Bett

\- ohne Schutz!

Ich will laufen

springen

schreien

mich endlich gut fühlen –

ich breche es entzwei!

Doch wenn ich wieder aufwach´ –

sehe ich mich wieder liegen:

# Erstarrt im eigenen Leben!!!

# SO VIELE NARBEN

habe ich

…sichtbar verteilt auf meinem Körper –

aus vielen

Kindheitstagen,

Schrammen und Macken davon getragen

viele unbemerkt erlangt,

erstaunt betrachtet

& erkannt,

wo körperliche Grenzen waren

…. manches (leider)

auch zu spät erkannt…

so viele Narben habe ich –

unsichtbar verteilt

in meinem Körper –

aus kalten

Kindheits- und Jugendtagen,

wo Verletzungen

an der Tagesordnung waren,

viele unbewusst erlangt,

…wie Schatten an der Wand

begleiten sie mich

diese Narben,

mein Leben lang,

viele vernarbt,

unheilbar

und so stark verkannt…

Narben

jeglicher Art

begleiten mich –

manche waren heilsam für mich –

– andere hätte ich nicht gebraucht;

die zählen für mich nicht!

# Wenn die Traurigkeit siegt

fühle ich mich

wie ausgelaugt

würde am liebsten

mich wieder ins Bett legen,

meine Decke über mich ziehen

und einfach nur liegen---

wenn die Erinnerungen kommen,

mich unbeweglich machen,

mir die Luft zum Atmen nehmen

will ich oftmals

einfach gar nicht mehr leben,

Depressionen decken mich zu -

und erschweren mir so sehr dieses Leben…

# Hafenerinnerungen

Anker werfen,

auf einer Sandbank festsitzen,

an der Reling stehen,

mit dem Tauende in der Hand,

bereit an Land zu springen,

um es festzuzurren,

mit dem Pfänder daran,

um den Stoß abzufangen…

***<u>Hafenerinnerungen</u>***

Spielen mit Kindern

einer fremden Sprache –

mit Gestik & Mimik

erklärte sich die Welt von selbst…

Muscheln sammeln,

Krabben fangen,

zum Wettrennen

im Hafenbecken wieder laufen lassen

& den Eimer nehmen,

um lachend

wieder neue zu fangen…

***<u>Hafenerinnerungen</u>***

Fahren & segeln

ins offene Gewässer

starker Wind

trieb das Segelschiff an,

bis es fast kenterte

der Sturm trieb es voran –

das Element zu spüren –

darauf kam es an!!!

***Hafenerinnerungen***

voller Angst unter Deck, in der Achterkajüte,

im Schlafsack,

ganz versteckt

versuchen zu schlafen

mit dem Wissen,

dass die Ruhe

vorbei ist

& das Versteck entdeckt…

***Hafenerinnerungen***

# Viel gelacht

ohne wirklich zu lachen

ein Bild für andere

präsentiert

im tiefen Schmerz

des nie gewesenen Glücks der
Kindheit

des zu erwartenden

Missstandes

der Jugend

zum Trotz

**<u>Viel gelacht.</u>**

# Spanien

1987 machten wir Urlaub in Spanien,
an der Costa Brava…

Es war kein Urlaub für mich,
eine Qual,
die schon mit der Hinfahrt begann…

In seinem tollen Mercedes,
bekam ich meine Tage,
erst zum dritten Male –
kannte mich nicht aus,
war dreizehn (!)
und durch die Gegebenheiten „zu Hause“
mit der Entwicklung verzögert,
konnte nur ansatzweise
„gefallen“,
„überleben“ –
jeden verdammten Tag!

Schläge und Strafe, ein „Anfassen“ war
mir bekannt…
doch mir war so gar nicht klar,
dass es auch schlimmer kommen kann –
und dies fing für mich im Sommer 1987,
mit dreizehn,
an der Costa Brava erst an…

Es wurde nicht angehalten,
dass ich mich säubern konnte,
es wurde nicht angehalten,
dass ich mir Binden nehmen konnte.

Es wurde nichts gemacht,
außer sein Wagen geschützt,
in dem ich mich auf ein Handtuch setzen
musste,
um die Polster zu schützen...
um nicht alles vollzubluten...

So saß ich da,
im Sommer,
mit dreizehn,
ohne eine Möglichkeit,
mich sauber zu fühlen,
mich nicht zu schämen,
würdig beachtet zu werden...

Die Hitze tat ihr Übriges,
ich begann mich schlecht zu fühlen...
sie stritten sich,
gaben mir wieder einmal, die Schuld da-
ran... denn:
ich war schuld daran,
dass ich meine Tage
auf der Hinfahrt nach Spanien bekam...

Bei der Ankunft in Spanien
war es nicht vorbei,
es war kein Hotelzimmer für uns dabei,
ich blutete weiter,
immer noch
stärker dann –
und wir kamen immer noch nicht an!

Sie suchten den ganzen Tag,
nach einer Pension, einem Hotel,
welches noch Zimmer für uns hatte…
und erst zum spätem Nachmittag,
kamen wir dann endlich an!

Ich musste helfen, das Gepäck zu tragen,
auszupacken,
bevor ich dran war,
duschen zu gehen,
mich endlich umzuziehen und wohl füh-
len konnte…

Ich dachte, das war schlimm –
doch es ging weiter,
ES begann…

Eines Abends wurde uns
„Gute Nacht“ gesagt,
der Kuss zur Nacht war Pflichtprogramm,
„wage es und küsse ihn nicht,

DANN bist du dran“...
Dies war der Anfang mit sieben,
und:
hey – was hatte ich für eine Chance!?
Ich hielt mich daran...
Denn:
Was gesagt wurde, war Gesetz!

Mein Bruder und ich lagen im Bett,
mussten schlafen -
es war Zeit
und ich dachte mir nichts mehr dabei,
als er mich küsste,
(weil ich es musste!)
zur „guten Nacht“
doch diesmal
mir seine Zunge in den Mund schob,
und mich anders küsste,
anders als gedacht...

Ich war verwirrt, er wiederholte es
und wurde gestört,
ich verwirrt
und wusste nicht mehr –
was das wa(h)r...
und es keine ´gute Nacht´ mehr für mich
gab...
habe ich mir das nur eingebildet!?
Quatsch, es war gar nicht wahr –

Tage später,
ich wollte nie alleine sein mit ihm –
war es dann so,
sie ließ mich bei ihm,
ich war duschen, sie ging fort
mit meinem Bruder –
ich war alleine mit ihm…

Während des Duschens,
kam er herein,
wollte nur was holen im Duschkleid,
er war ja vor mir dran,
ich als letztes!
Guter Plan!

Also kam ich heraus aus der Dusche,
zog mich an,
das Strandshirt
hatte ich mit hinein genommen,
(ich zog mich immer alleine an)
und zog es halt wieder an.

Als ich raus kam,
sagte er „komm doch mal her"
und meine Gefühle warnten mich:
„Laufe weg, bleib hier nicht",

mir wurde schlecht,
fühlte mich zitterig…

Ich lief zur Tür, wollte hinaus –
doch er lachte nur,
zog mich auf, indem er mir den
Schlüssel zeigte,
es war abgeschlossen, der Weg ver-
sperrt...

ich drehte mich um,
war voller Panik –
was sollte ich tun!?

Er kam näher,
ich lief weg
sprang über das Sofa,
unserem Bett –
raus auf dem großen, runden Balkon,
im fünften Stock...

„Komm rein – wo willst du denn hin?
Wir sind alleine, ...
komm her,
stell´ dich nicht so an!"

Diesen Satz kannte ich,
sagt er den doch immer zu mir, wenn
wir alleine sind...
und ich bekam Angst, Panik – wo
sollte ich hin!?

Ich sah´ mich um, es gab keine Hilfe,
keiner verstand mich,
ich war allein –

er kam näher,
was sollte ich tun – ich sah´ das Geländer und dachte,
ich tu´s…kletterte hinüber,
als er lachend näher kam,…
er stockte,
sah mich genauer an:
„Du Feigling – was willst du da!?
Komm her und gehe vom Geländer weg!“

Ich war drüber und sagte:
„Ich springe“,
die Höhe machte mir keine Angst,
aber sein Näherkommen machte mit Angst,
mein Herz schlug schneller,
wollte weg von ihm,
ja, auch springen würde ich –
auch wenn ich hinunter sah´…
und dachte,
ob dieser Busch mich auffangen würde, dass ich nicht ganz so schlimm dran war…!?

Doch schlimmer als das hier,
gab es nicht...
und ich wusste,
die Gefahr hier oben, war schlimmer
für mich –

und schaute ihn wieder an,
er kam näher,
ich hielt mich nur noch
mit nur einem Arm, hing mich hinaus
und sagte,
„Wenn du näher kommst,
lasse ich los..."
und er schaute mich wieder an,
zögernd hielt er an,
schüttelte seinen Kopf,
schaute mich missbilligend an...

Drehte sich um, ging hinein...
mein Herz klopfte –
ich kletterte wieder auf den Balkon,
sah hinein, da kam er schon,
das Spiel begann von neuem,
er kam wieder heraus,
ich kletterte wieder hinüber,
schneller nun,
ich wollte hinaus!

Nun schaute er mich verärgert an,
dies hier war wohl nicht sein Plan!

Ich hatte so unbändige Angst,
zitterte stark,
Panik erfüllte mich,
sah´ mich denn niemand!?
Wie peinlich, für mich…

Endlich hatte ich das Gefühl,
ich konnte hinein,
es war für nichts anderes Platz,
die Angst trieb mich voran,
ich schlich hinein, sah´ mich um,
sah´ ihn nicht…
und sah´,
dass der Schlüssel wieder im Schloss
war,
schlich mich hin,
es war abgeschlossen,
wie ab dann jedes Mal…

ich ging zur Tür, schloss sie leise auf,
mein Herz schlug schnell,
ich hörte ihn, er lachte,
kam zu mir…
ich bekam diese Tür nicht richtig auf,
doch dann,
es klappte, ich schlüpfte hinaus.

Doch da,
seine Hand hielt mich fest,
zog mich zurück –
ich kämpfte, bekam die Tür an den
Kopf, er hielt mich fest,
ich schrie: „Lass mich los!“
– wollte nur weg –
zog mich an der Wand nach draußen,
ich gab nicht auf –
ich weiß nicht wie,
doch er ließ mich los…

Und ich rannte weg –
doch wohin sollte ich!?
Ich hatte nichts anzuziehen,
nur das Strandshirt bedeckte mich so
eben,
war auch barfuß,
war ja nur mal eben
duschen gewesen...

Ich ging ins Foyer
wohin sollte ich –
nach oben!? Das ging ja nicht…
Wieso ließ sie mich immer
mit ihm allein!?

Ich verstand das nicht…

Ich ging in das Hotelgeschäft,
tat normal,
schaute mich um,
mir die Artikel an, doch sah sie nicht –
wo war meine Mutter nun!?

Ich fürchtete mich so unglaublich,
hatte Angst,
vor ihm, ihrer Reaktion—
was machte ich!?

Ich wollte wieder hinauf gehen,
doch merkte ich,
das kann ich nicht,
blieb einfach stehen,
bewegungsunfähig,
voller Angst gebannt,
schaute die weißen Marmorstufen
vor mir an,
konnte sie nicht gehen,
setzte mich an den Rand,
hielt das schwarze Geländer fest in
meiner Hand…

fühlte mich alleine, so verloren…
mir war so kalt,
innerlich und äußerlich –
ich zog das Strandkleid
feste um mich,

über meine Knie,
näher zum Boden…

es gab kein Vorbei,
ich musste nach oben…

Dann sah´ ich sie,
war erleichtert,
sie sah mich
und Ärger kroch ihr übers Gesicht

„Was machst du hier?
In diesem Aufzug –
du solltest dich umziehen!
Los, hinauf!“

Ich schaute sie nur an,
nichts kam heraus –
Was sollte ich sagen!?
Sie glaubte mir nicht –

Ich schlich hinter her,
schämte mich…

Und sie meckerte rum,
dass sie nun wieder Streit mit ihm be-
kommen würde, wegen mir –

Und als wir dann alleine waren im Fahrstuhl,
schlug sie mir ins Gesicht,
weil ich nicht gehört habe,
mich umgezogen habe,
einfach mitgespielt habe…

Von da an,
wehrte ich mich nicht…

## Selbst wenn ich schlafe,

wache ich

erlebe Vergangenes,

träume ich …

fühle die Angst,

erstarre ich –

erlebe die Kälte,

Gefühllosigkeit –

mein Herz klopft,

Verletzbarkeit,

ich atme schneller –

voller Angst!

Es fängt wieder alles

wie von vorne an,

doch ich weiß – manchmal – auch,

aus diesem Geschehen

wache ich auf!

Und doch –

das Gefühl des

# Ausgeliefertseins

bestimmt den Verlauf –

**selbst wenn ich schlafe,**

**wache ich.**

# Meine Reise in die Vergangenheit

ließ mich finden

eine starke Einsamkeit,

voller Schmerz

der aufbricht –

therapeutische Nachhilfe

in Selbsterfahrung

lehrt

Selbsterkenntnis

und einen Bezug

zur Realität,

der schmerzt,

Verluste kennzeichnet

& Heilung zulässt -

… zum Tageslicht

wird nun gebracht,

was der Körper

nicht mehr alleine schafft!

Es gibt nichts mehr

auszuhalten

& die Starrheit fällt ab –

erlöst den Schmerz,

der das Ganze erfasst...

# ANGESCHOSSEN

…wie  ein angeschossener Vogel im Schnee

liege ich,

mein Blut fließt langsam aus mir hinaus,

rötet den Schnee um mich herum -

dieser Schmerz.. schleicht an mir hinauf,

macht mich traurig, so stumm…

ich bin verletzt, so tief innen,

wärmende Schmerzen

ziehen mein Leben hinaus…

meine Sinne schwinden,

ich gehe hinaus, sehe mich da unten liegen…

und wünschte, ich könnte wieder fliegen

ganz weit,

ganz hoch hinaus…

## folge–störungen

immer präsent
stets wiedergeboren
abgelenkt
verdrängung bezweckte
lebenserhaltende maßnahmen
sicher verpackt in vergessen
versuchen gerade zu stehen
zu gehen
nicht umzufallen
leben leben
nie mehr verstecken
bei sich stehen
sich sehen
nichts mehr vergessen
da sein
in watte gewickelt
sinne negiert
lebenschancen minimiert
signale überhört
manipulierte wahnehmung
lebenslang getäuscht
falsch programmiert
konditioniert
erzogen
nach fremdbedürfnissen
berührt

# Ich schlug zurück

& wehrte mich,

doch dies stand ihr nicht gut

ins Gesicht

sie wurde rot,

verachtete mich,

drehte sich um

& schloss die Tür

sperrte mich ein -

nun saß ich hier…

Ich wollte dies alles

Nicht mehr für mich,

ich öffnete das Fenster

ganz weit für mich..

nahm meine Tasche

schmiss sie hinaus

& sprang hinterher,

endlich ´raus!

Da kommen die Schmerzen her,

mein Rücken dankt es mir

heute nicht

und wer zuerst geschlagen hat

interessiert ihn nicht…

# Jede Alltäglichkeit

erscheint mir
quälend zu sein,
eine Pflicht ohne Bedeutung,
Alltäglichkeit...
zieht durch mein Leben,
Zufriedenheit und Glücklich-Sein
war immer ein Ziel für mich

doch jetzt gerade
– zurzeit –
habe ich das Gefühl
ich komme da nie an...

Das Leben...
geht mich nichts mehr an...

***„Danke, Mutter“, dass du mir nie geholfen hast…***

***Ich würde gerne den Grund wissen, den Grund dafür, wieso du mich so abgelehnt hast…***

## oben an der Decke schwebend

sehe ich mich unten liegen, eingepackt in einem Schlafanzug, den Bademantel feste um mich drapiert liege ich da und bin doch nicht isoliert von den fremden Händen, die sich meiner nähern, sich zu mir setzen, ohne, dass ich das will und gebrauchen kann – warum tut er mir das an!?

**Was habe ich nur getan!?**

ich bin böse…

Mir ist schlecht… Ich muss würgen, ich spüre seine Hand, die sich meiner Haut nähert und leicht berührt, weil er denkt, ich schlafe, kriege nichts mit, vielleicht hört er auf, wenn ich schlafe!? Weil er merkt, es interessiert mich nicht, was er mit mir macht… berührt mich nicht.

Ich schäme mich, mein Körper reagiert…

bin so irritiert, ich will das nicht, innerlich schreie ich so laut ich kann, alles dreht sich, kann mich nicht halten, bin nicht, mir ist übel, schlecht schwindelig..

ich kann mich nicht halten... ich... ich kann... wo!? ..... weg...

teilnahmslos sehe ich zu, wie diese Hände mich berühren, meine Unschuld rauben, mich intim stören, mich erkunden...

Ich spüre nichts. Du kannst mir nichts... und nimmst mir doch alles von dem Nichts, was mir wirklich geblieben ist.

Ich bin doch ein Kind... Oder nicht!? Mama!? Wo bist du!? Bitte...

Ich bin kalt.

Mir ist kalt.

Ich kann nicht reden, mich nicht bewegen. Ich spüre mich nicht.

Alles ist ohne Ton, so unsagbar laut... ohne Halt, keine Realität mehr für mich.

Ich bin weg. Alleine.

In einem kalten Nebel gefangen, der mich einfriert, mein Bewusstsein nimmt... tot. Nichts mehr spüren.

Nichts mehr fühlen. Nichts mehr sein.

Ich falle in eine Zeit, die mich einbettet. Mein Ich rettet.

Für eine unvorstellbar lange Zeit.

Ich weiß davon nichts.

Bin nicht mehr da...– tot auf unbestimmte Zeit.

…wenn ich versuche zu konstruieren,

wie es war,
als Kind zu funktionieren…

ohne einen chronologischen Plan zu eruieren,
komme ich nicht umhin,
die Dinge genauestens zu formulieren
so, wie sie nun mal gewesen sind:
Konditionierung im höchsten Maße auferlegt,
perfektioniert und gelebt,
nur zu funktionieren war des Lebens Sinn,
zu gehorchen und „einfach zu machen“,
Befehlen Folge zu leisten,
ohne Intuitionen nachzugeben -
sich in allem beugen lassen,
das Über-Ich stark ausgeübt
regieren lassen,
ohne Nachzudenken die Erwachsenen
einfach machen lassen…
und wenn jemand – also ich –
aus der Spur lief,
was aufgrund des kleinen Ichs der Rebel-

lion
selten schon mal gegeben war,
wurde
– nach altem Deutschtum -

Schläge mit allen Mitteln,
einfach Gewalt verherrlicht,
weil geschadet hat es ja nie...
Wenn es nur dabei geblieben wäre,
denke ich manchmal,
hätte ich vielleicht angenehmer leben
können ...
doch als I-Tüpfelchen oben drauf
wie bei einer geplanten Viehauktion,
machte Mutter Kuh die Augen zu!

Sie sah bewusst nicht hin,
als sexuelle Ausbeutung ihres Kindes,
verkauft durch den Erhalt von materiellem
Lebenssinn,
und immer nur betörend,
die Augen bewusst verschließend,
verscherbelte sie ihr Kind,
ihm ganz zu gehören,
gehörte sich so,

auch bei ihrem Kind –
ein Kosten-Nutzen-Plan auf irreparable
und unsichtbare Schäden
gab es nie,
machte auch keinen Sinn –
denn was hinter her so ist
und woher es kommt,
will niemand eruieren!

Hauptsache der Plan geht auf:
Gold sprang dabei heraus!
Scheiß was auf s Kind!
Das zieht ja irgendwann aus!

Aus den Augen, aus dem Sinn:
nur so macht das Leben wirklich Sinn…
und bedenke, das,
was früher war,
ist sowieso generell nur halb so schlimm!

# festgefahren

immer wieder!
vor und mitten drin!
in alten Mustern und Verhaltensweisen
stehend!
dieses erneut und doch widerstrebend
ins Leben integrierend!
obwohl man etwas gelernt hat,
dass gerade ´dies und das´
sich selber nicht weiterbringt,
Altes nur Neuem im Wege steht,
dabei als Resultat das Schönste am Le-
ben nimmt,
Neues zu erleben und zu erfahren,
so viel Leben und Freude und Glück mit
sich bringt –
Altes verabschieden natürlich Trauer,
Tränen und Schmerz
mit sich bringt -
denn nicht zu fühlen
- das Neue nicht zu sehen -
das Leben abschottet,
in Verstand und Gefühl,
Emotionen unterdrückend!

Rationalität gewinnt
über das Herz,
welches dabei aber klein bleibt,
nur der lebensfähige Rhythmus pocht,
gleichzeitig,
nur ein Überleben im Alten stattfindet,
Gewohnheit und Vertrautheit sicher ge-
lebt wird,
ohne darauf zu achten,
dass dies schon längst nicht mehr das
Herz wärmt,
die Angst vor Neuem
in verängstigtem Starrsinn übergeht,
an allem festzuklammern,
was im Alten lebt –
Neues negiert und dabei zerstört wird
und
es bei dem ganzen Leben
doch eigentlich um das eigene Leben
geht,
dem Glück dessen alles Alte im Wege
steht,
schönes und positives negiert
ja nahezu alles irreparabel zerstört wird -
den Menschen,

den man eigentlich von Herzen liebt -
dabei einfach
im eigenen Starrsinn und in der
wild pochenden Angst vor dem Unbe-
kanntem verhaftet:
missachtet,
geradezu zerstört wird,
um das eigene Fühlen nicht zu fühlen,
Leben nicht zu leben,
weil das Alte wie ein Spinnennetz einge-
webt ist,
im Kopf und Verstand so stark verstrickt
ist,
dass das Herz dabei fast unterwürfig ist,
nur noch normal funktioniert,
ein inneres Sterben dabei fast unum-
gänglich ist,
im schönen Schein der alten Gewohnhei-
ten verirrt...

Ich schaue meine Hände an,

sie gehören nicht zu mir, schaue in den Spiegel, fühle mich fremd – fremd in mir, dieser Körper ist nicht mein, er gehört nicht mehr mir, ich war anders, bin so anders, als ich bin - immerzu greift es mich an, diese Schübe voller Erinnerungen - schmeißen mein Überleben über Bord, ein Ankommen gibt es für mich nicht, immer, wenn es irgendwie läuft, läuft es irgendwie nicht, ein Überlaufen ist vorprogrammiert,...alles über Bord...ich sehe Bilder, die ich nicht will, gebrauchen kann, nicht leben will – einfach nicht mehr vertragen kann - was soll das, ich schwinde dahin, gehe weg von dem Ich, was ich doch eigentlich nicht bin, ich sehe mich, wie ich mal war, mich wehrte, spielte, weinte, alleine war, immer irgendwie abseits stand, in dieser Kälte voller Ungewollt-sein, ich fühle mich allein, bin wieder angekommen in einer Welt, die an Kälte niemals zu überbieten ist, ein Ich nicht gegeben ist, ich nicht bin, wie ich sein kann, ich klein, bin machtlos, mich anpassen muss, um nicht vollständig unterzugehen, die Bücher und die Schule mein einziger Anker ist, ich alles schlucken muss... auf meinem Bruder aufpassen muss...ich schrumpfe, bleibe kleben in einem Alter, wo ich nicht mehr bin...hilflos, voller Angst in meinem Kopf sehe ich Bilder, die nicht real sein können, ich nicht wahrhaben will, dies kein Leben sein kann.. ich sehe mich selber an, kann es kaum glauben, wie ich dies ein Leben nennen kann... ich komme einfach nicht an...dieser Nebel zermartert mir mein Hirn, schwemmt es weg, es gibt nichts mehr zu verlieren, es gibt kein Entrinnen, alles ist weg und ich mitten drin... drücke die Spülung, ich bin dahin...

## Ich würde so gerne

mal in Afrika sein, in der Steppe,

um die Tiere zu sehen,

nach dem Sinn des Lebens zu streben,

im sonnigen Sein…

Ich würde so gern

mal in Indien sein,

die Tempel sehen & zu Buddha zu beten,

um dem Ganzen mal einen Sinn zu geben –

und vielleicht mal einen Elefanten ganz nah bei mir zu sehen…

Ich würde so gerne

noch mal ganz jung sein,

um die Liebe und Geborgenheit zu erfahren,

die einen Menschen wachsen

und zu Kräften kommen lassen,

in Liebe gedeihen lassen...

ich würde so gern am Leben sein

ohne Dinge zu hinterfragen,

die das Leben unerträglich machen...

ich möchte so gern

einfach glücklich sein,

ohne Probleme zu haben

die das Leben schwerer machen,

**um ganz unbeschwert zu sein....**

# Ich schneide meine Haare

rasiere meinen Kopf.
mache mich frei
von der Last,
gesellschaftsfähig zu sein…
Ich ziehe
meine Kleidung aus,
nehme mir ein langes Tuch,
warm soll es sein
und lila auch…
dies wickle ich mir um,
dann lasse ich mich bemalen
am ganzen Körper,
dabei zusehen werde ich,
bleibe aber stumm…
Ich ziehe mir einfache Slipper an,
bin ganz ohne Schmuck…
das Einzige, was ich trage,
ist der Wunsch
´ich brauche niemals mehr zurück´…
mit diesem Wunsch
– ganz ohne Last –
finde ich mein Glück…

# Das schwarze böse Monster

versucht wieder
hervorzukriechen
aus der Verbannung,
von einem Ort,
der nicht mehr
zu meinem Leben gehört,
aber immer wieder versucht,
die Macht zu übernehmen,
mich zu überwältigen,
niederzudrücken,
totzukriegen...
mit seinen bösen hässlichen
und langen Krallen
kommt es langsam näher,
berührt mich fast –
hautnah spüre ich es,

bekomme Gänsehaut,
Hilflosigkeit streift mich –
lähmt meine Gedanken,
lässt mein Herz schneller schlagen!

Seine schwarzen dreckigen Krallen
berühren meine Haut,
vergiften mich,
ich spüre es,
wie das Gift
langsam Besitz nimmt,
mich in Zeiten wirft,
die mir zuwider sind,
Ekel hervorrufen
und Leben nimmt...

# NOCH 100 EURO

bis zum ersten,

versuche ich zu scherzen,

grinse dabei – fühle ein leichtes Unbehagen

wieder einmal

mit der großen Verantwortung

Sorge zu tragen

für Haushalt, Kind und Tier…

und überlege,

wie ich am besten

auskomme mit dem Einkommen

weit zu kommen…

**NOCH 100 EURO**

bis zum ersten

überlege ich –

was ist notwendig,

was nicht!?

Überlege, plane jeden Tag:

Essen, Fahrten – was es so geben mag…

notiere mir das Wichtigste,

um Nachzudenken.

Heute ist der 17te

– noch 13 Tage

und

**noch 100 Euro bis zum ersten….**

## Ich weiß es!

dass du weißt,
dass ich es
(wieder) weiß,
mir eingefallen ist
– nach so vielen Jahren!

**Ich erinnere mich!**

Und genau das ist der Grund,
warum du mich
nicht unterstützt,
mich ignorierst, nicht ansehen kannst
und mir nicht hilfst
mit deinen Erinnerungen
an mein früheres ICH
– geprägt durch Missbrauch,
Schweigen und Misshandlungen

meines jungen Seins:
es bleibt ein „Missbraucht-Sein“ für mich,
– bis in alle Ewigkeit –
doch dein Schweigen
– über nicht von dir begangene Taten –
hilft mir nicht!

**Ich weiß es!**

# Überlebt ...

...Den Kampf

Des Nicht Versagens

Des Weitermachens

Des Alleinseins

In einem ewigen Gewissen

Aus Selbstzweifel

und Angst

Seinen eigenen Gefühlen

nicht

Trauen zu können

Ungewiss

Ob die Erinnerungen

Wirklich meine sind

Ein schlimmes Trugbild der Phantasie

Belügen sie mein Ich

Verloren im Nirwana

Der Ungläubigkeit

Des An-sich-selber-glaubens

Glaubens

und

des Vertrauens…

In die eigene Wirklichkeit …

# Wie ein Taschenmesser

klappe ich zusammen

unscharf

und benommen

von der langen Tätigkeit des Schnitzens

der Lebenskerben…

des zur Verfügung Stehens

und Abwartens

auf Anerkennung

und Akzeptanz

meiner Erlebnisse

und Erfahrungen …

Wie ein Taschenmesser klappe ich nun

zusammen

bleibe verborgen liegen

weil kein Kampf mehr ansteht

und ich ausgemustert bin

ohne Schärfe

**Nichts** mehr schneiden kann…

fühle

<u>**mich**</u> voller Tränen

die mich halten

nicht weinen lassen

um befreit zu sein

von der Last

der Pein und Scham

und einer komischen Schuld

die mich niederdrückt

das Atmen nimmt

mich ***klein*** fühlen lässt

ohne Raum zu wachsen

ohne Platz zu fühlen

und mich festhält

am Boden

und

in einem Meer

voller Tränen ...

<u>**erstickt!**</u>

# „Spieler“

Ich will kein Spieler
mehr sein,
der Monat für Monat
seine Karten
neu mischen,
neu verteilen muss –
aufpassen muss,
dass keine allzu große Lücke entsteht,
um sie mit einer Karte zu füllen,
die es eigentlich gar nicht gibt!

Ich will kein Spieler mehr sein,
der genau überlegen,

sortieren,

organisieren muss,

um die Lücken so gering wie möglich zu halten –

leben zu können,

ohne den Überblick

vor Unmut

zu verlieren –

spielen müssen

jeden Tag,

in jedem Monat,

mit der Sucht kämpfen

zu müssen,

und zu überleben,

mit jedem neuen Tag!

…und einmal im Monat

werden die Karten

neu gemischt

gut verteilt

und ausgelegt,

um neu zu spielen,

neu zu fühlen

und weiter zu leben

mit nur einem Ziel:

**einfach überleben!**

# Krise als Chance

Durchlebte ich
Die Krise war
Die Hölle für mich
Sie hielt an
Über zwei Jahre schon
Und ließ mich stehen
Und durchleben viel
Die Traurigkeit
Die Einsamkeit
Der Qualen viel
Todessehnsucht
Um zu entkommen
Dem Sein
Und dem Sinn
In der Krise zu sein

´Burn out´ heißt es
& steht doch für mehr

– Wie das Leben

Das konnte ich nicht mehr!

Die Krise war groß

So furchtbar schwer

Leben wollte

ich

Nicht mehr

Alles fiel mir

So furchtbar schwer

***Krise als Chance***

Sah ich nicht

Das war gar nicht

Drin für mich

Ich sah´ keine Hoffnung

Gab dann auf

Und fand – ganz langsam –

Wieder hinaus

Als ich dachte

Nun geht es nicht mehr
Kam irgendwo
Das Licht daher

Sah´ die Zukunft
Die Sonne auch
***Krise als Chance***
Nun sah´ ich es auch

Das heißt nicht,
Dass es plötzlich ging:
Es ist wie
´Laufen lernen´
als ganz kleines Kind

***Krise als Chance***
Leben an sich
War plötzlich da
Und schön für mich

## ausgebremst:

ich war immer hart am Limit,
überrannte mich fast selbst,
lebte in dem,
was muss,
– ich „muss“ -
hatte immer das Gefühl,
ich rannte mir hinter her –
was kann ich sein,
erreichen,
was ist mein Ziel!?

Ich mache weiter,
der Weg ist das Ziel!?
der Weg ist mein Weg:
Schule mit Fachabitur abgebrochen,
nach dem Jahr im Ausland,
hinausgeworfen durch die Mutter
– ohne mich gefunden zu haben –
alleine wohnen,
studieren wollen…

Abitur nochmal versuchen,
Liebe suchen,
Studium begonnen,

schwanger werden,
verheiratet sein,
Sehnsucht nach Familie:
Wunschkinder kriegen –
Mutter sein von dreien,
die Scheidung läuft,
Umorientierung
der Weg geht weiter,
anders als gewollt,
allein-sein:
der Wahrheit ins Gesicht geschaut,
und: der Realität gestellt:
anderen Weg erwählt,
der Weg ist das Ziel!?

Ein Jahr Pause, alle unter 4 –
studiert, beworben:
kommen Sie wieder, wenn das letzte 8 ist,
er war damals 2…

Also weiter informiert, was geht,
was kann sein…
weiter studiert,
wollte was schaffen,
erreichen, sein –
worauf ich mich einließ!?
Ich hatte keine Zeit,

studierte, absolvierte,
arbeitet mich rein:
habe gedacht, nun habe ich es geschafft!

War aber nicht glücklich,
musste weiter,
für Lebensstandard sorgen,
fühlte nichts, war taub innerlich
ließ es laufen,
musste so sein…
so fühlte es sich an, lebendig zu sein!?

Ich fühlte nicht so,
doch ließ mich weiter an,
es ging ja nicht anders,
war Mutter von dreien unter 12,
es musste so sein!

Ich arbeitete, versorgte die Kinder,
Haushalt, Hobby und Spaß…
Leben leben, einfach nur sein…
doch zu atmen, zu sein:
ich ließ mich nicht drauf ein,
worauf denn auch!? kannte es nicht…
bis es dann kam,
das „jüngste Gericht"…

Ich wurde krank,
immer wieder dann,
nahm Antibiotikum und Schmerztabletten,
Hauptsache, es lief – da ging es ja drum!

Irgendwann, nach weiteren Jahren,
alleine für alles die Verantwortung tragen,
passierte es dann!

Unzählige Krankheiten, Infektionen:
Körpersymptome übersah ich nun,
kannte einiges zur Genüge schon –
keine Zeit anzuhalten,
keine Zeit zu sehen,
der Weg ist das Ziel
und das Ziel:
war für mich nicht mehr zu sehen…

Es ging um die Tage, das Ausruhen,
das Weitermachen –
nur so war das Leben für mich zu schaffen!

Irgendwann jedoch,
gar nicht lange danach,
vier Jahre nach dem ersten Knall, den weiteren
danach:

kam der letzte Knaller dann:
verbrannte mein Hirn,
auf das ich mich immer am meisten verlassen
habe,
fraß Löcher hinein:
Erinnerungen an vieles war dahin,
Gesprächen, Briefen, Büchern zu folgen,
zu verstehen: ging nicht mehr!

Konzentration nur noch ein Minimum,
Leben bis dahin wieder, diesmal aber:
komplett ausgebremst,
kein Weg mehr,
kein Ziel voran,
nun ging es um jetzt,
um sein,
Leben leben, erinnern,
was war,
ist,
Wichtig ist und sein kann –

und vor allem, wie geht es nun voran,
auf mich selber verlassen
musste ich mich immer –

das stand nun auch nicht mehr auf dem Plan –

und dann mit einem Mal,
kam ich auf meinen Füßen,
direkt auf dem Boden der Tatsachen an,
planlos, ziellos,
ohne einen Weg zu suchen, zu haben,
stand ich da –
unbeweglich, orientierungslos
ohne Plan…

**Vollkommen ausgebremst!**

Und komme nun erst, nach so vielen Jahren

– ganz langsam –

endlich und so nach und nach

bei mir an!

**…ich gab nie auf, weiß nicht warum, ich trieb weiter oben, mein Körper blieb stumm, fand keine Worte, hielt mich für dumm…**

## …es ging weiter

Immer voran, ich wartete auf ein Älter werden, hoffte, dies würde meine Rettung werden…

Ich hielt mich an die Hoffnung, sie kam nie an…

Ich entkam der Gefahr, mit 18, und doch – sie war immer da, in anderen Facetten, die kein Mensch erahnen kann. Vor allem, wenn es so erlernt wurde, gab es kein Entrinnen, ich wurde gezogen, nach innen – nie war die Gefahr so nah, wusste nicht, sie war in mir, entließ sie nie, sie gehört zu mir und ich weiß bis heute nicht, warum dies so passierte?

War es ein System, in dem ich nicht parierte, das ganze Leitbild störte, ausschied als Gestörte?

**Wer weiß, ob es ein Kreislauf ist, aus dem wir lernen müssen, auszubrechen, um den Mist nicht weiterzugeben, alles dafür zu tun, dass so was nie wieder passiert, Kräfte entwickeln, Neues finden, Wege suchen, Wege finden, um ein Leben zu ergründen, ohne Leid und ohne Schmerz, mit viel Freude, Lust und Herz…**

Es ist doch fraglich, ob es Leben gibt, das Leben, oder einfach nur verspricht: Du wirst das Beste dafür geben! Mehr erreichst du aber nicht!

## Es muss endlich aufhören –

# nach all den langen Jahren…

Wenn es anfängt mir besser zu gehen

holt es mich ein

krallt mich zurück

in alte Erinnerung

der Körper speichert alles ab

registriert

ignoriert

überlebt!

stellt alles irgendwo ab

bis auch das nicht mehr geht!

Dann kommt es hervor,

langsam, als gelbes Signal ins Rote überwechselnd,

es brennt in den Augen

unübersehbar!

schleicht es sich zurück in eine Realität

die nicht wahr ist,

weil sie nur vertuscht,

verstümmelt, den Menschen,

mich…

und dann,

WUMM –

wenn man nicht erkennt, worum es geht

der Selbsterhaltungstrieb plötzlich vor die Hunde geht,

alles in allem man nichts mehr sieht und erkennt,

verloren ist in dem Gefühl des Lebens

warum und wieso was denn auch passiert,

passiert es

immer dann, wenn es gerade geht und läuft,

es knallt dich zurück,

Körpersymptome unterstützen die Erinnerung!

Langsam zurückgekehrt,

Flashbacks erfolgreich negiert,

nun an die Oberfläche gezerrt:

Krankheiten, Auffälligkeiten, Spiegelreflexionen

der anderen in deinem Leben,

die die nur eins zu verstehen geben:

es ist noch nicht vorbei

so geht es nicht weiter

siehe, was es mit dir macht!

Heilung tritt nie ein!

ein Besser sein…vielleicht!

mag sein, dass dies keiner sieht,

aber ich habe bisher immer mal wieder nur ge-
lebt,

mich nicht gefühlt,

auch nicht geliebt,

immer mit viel Zuversicht und Vertrauen in
andere gesät,

bei dem kleinsten Zweifel

Unsicherheit, Selbstzweifel…

alles eine Frage des Vertrauens!?

mitnichten,

eher eine Frage der konditionierten Gefühle,

– des absolut riesigen ÜBER-ICHs -

der unbewussten Unterordnung der integrierten
Obrigkeit in mir selbst,

gruseliges Erwachen,

dies festzustellen…

und versuchen es abzuschütteln, abzustellen…
jedoch:

kein Entrinnen,

nur Erkennen des eigenen Selbst,

neues Programmieren diesmal bewusst und
schnellstens erlernt,

um die Gedanken und Gefühle zu eliminieren,
die daran hindern,

weiter im Gefühl des Jetzt zu bleiben,

mit den Fakten leben zu lernen,

jeden Tag aufs Neue,

vor allem,

immer dann,

wenn man sich gut und wohl fühlt,

eigene Wertigkeit erkannt und gesehen und
endlich mal begriffen hat…

ich bin es wert, ich habe Wert,

einfach so, wie ich bin –

auch und gerade in meiner Erinnerung!

Und natürlich auch und besonders gerade jetzt:

mitten im Leben!

endlich sehend,

glücklich in mir

wer ich eigentlich bin…

auch mit dieser ganzen Erinnerung,

die mir immer noch das Atmen nimmt,

ich dagegen atme,

einfach nur bin!

## Einmal ohne all das Leben

– das wünsche ich mir des Öfteren…

**Einfach nur mal frei sein**, von dem Schatten, der immer da ist, wenn man ihn nicht gebrauchen kann –

# Heilung?!

Es gibt keine Heilung bzgl. der erlebten Übergriffe, der Macht von anderen über einen Körper, der nicht dem Täter gehörte, sondern (in meinem Fall) dem damaligen „kleinen Mädchen“, welches oftmals solche Angst vor dem zu „Hause-Sein“ hatte. Wo es eigentlich sicher geschützt aufwachsen sollte.

Die Pflicht der Erwachsenen war und ist, Sicherheit und Liebe und Geborgenheit zu geben, ohne die Grenzen in jedem Bereich zu verletzten und dadurch irreparablere Schäden hervorzurufen und ein Leben zu zerstören, was noch gar nicht begonnen hatte, dadurch nicht wirklich beginnen konnte – alles an Entwicklung und Individualität verloren ging oder erst sehr viel später als bei anderen einsetzen konnte, mit „Schädigungen und Beeinträchtigungen" für das ganze weitere Leben, lebenslang...

Die Situation betroffen zu sein von sexueller Gewalt ändert sich nie, die „Nebenwirkungen" dessen (offiziell als PTBS und dessen Komorbiditäten bekannt...)

(*sich „dreckig" fühlen,*

*Unsicherheit,*

*Verlustangst/*

*Wahrnehmungsstörungen,*

*Suche nach Liebe/*

*keine oder wenig vorhandene Selbstsicherheit/*

*kaum/keine vorhandenen Eigen-Grenzen/*

*kaum oder wenig Selbstbewusstsein/*

*ein starres Festhalten an einem Leben, welches aber nicht mehr zu einem passt oder in dem man nur noch funktioniert/*

*Organisation des Lebens von A-Z, um nicht fühlen zu müssen/*

*Abspalten/Verdrängen*

*Immer das Gefühl zu haben, nicht zu genügen, gut genug zu sein zuzüglich zu anderen, z.B. psychosomatischen oder ggf. auch psychischen Erkrankungen* usw., welche ebenfalls das Leben auf deren Weise beeinträchtigen.)

verfolgen einen ein ganzes Leben, werden – wenn man das dann mal irgendwann für sich erkennt und auch eingesehen hat - zuweilen neu erlernt und ausgebaut, so wie Grenzen aufzeigen / "Nein-Sagen" können usw..

Allerdings ist dies mit sehr viel innerer Arbeit verbunden und ich würde sagen, dass man das nicht alles alleine kann – dazu einfach Hilfe benötigt, sei es im Sinne von Fachliteratur, Internetforen, Gespräche mit anderen Betroffenen, Beratungen, Therapie oder sonstige Gespräche, die einem weiter helfen, aus diesen Sackgassen des Lebens herauszukommen.

Diese müssen immer und immer wieder neu stabilisiert und bestärkt werden, weil das „innere Selbst“ immer in die Unsicherheit zurück geworfen wird durch verschiedenste Situationen, auch bekannte.

Ich bin der Ansicht, dass dies dann irgendwann nicht mehr allein funktionieren kann, man einfach schon so weit alleine gekommen ist, dies alles „ein-zu-sehen“ und zu „er-kennen“ und alleine das macht mit einem schon sehr viel; leider nichts Positives. Es macht traurig.

Mich haut das gerade um und macht mich hilflos, wütend und zuweilen weiß ich auch nicht weiter... Und ich habe das Gefühl, dass dies auch eine Art „Schuld“ oder wahrscheinlich besser „Eigenanteil“ vermittelt, warum z.B. Beziehungen nicht funktionieren können oder nicht so laufen, wie man es gerne hätte.

Was für eine Scheiße, denke ich gerade – durch diese Gewalterfahrung und das NICHT Erlernen von „normalen“ inneren Prozessen, kann ich keine Beziehung führen!? Was für eine Scheiße...

Dies wird einem noch bewusster, wenn man mitbekommt, dass man in Liebes-Beziehungen immer ein ähnliches Gefühl hatte, immer das gleiche „Problem“ auftaucht, wie um Liebe kämpfen zu müssen, sich unbewusst klein zu machen, um den anderen nicht zu verlieren, Dinge zu ertragen, die nicht „normal“ sind (Degradierungen, ggf. Gewalt, wieder Missbrauch, eine Spiegelung / Wiederholung der Vergangenheit – und / oder das Gefühl, dass man wie Dreck einfach weggestoßen wird, Verlustangst, Angst vor dem (wieder) Alleinsein usw. ) ... – die komplette Palette.

Dies kann individuell verschieden sein, aber so ist es bei mir und es fühlt sich – nun, da zum ersten Mal so komplett und ganz gefühlt und erkannt – widerlich an, macht mich hilflos und wütend und ich habe das Gefühl, ich komme da alleine nicht weiter. Und das ist der Grund dafür, nie wirklich in einer Beziehung anzukommen, weil ich dies dann möglicherweise auch dem Gegenüber spiegele... Ganz egal, wie ´schön und gut´ diese Art von Liebe dann auch ist – es kann und wird nie „komplett“ funktionieren können... – ...bleibt doch wieder diese Unsicherheit, dieses Gefühl, es verbockt zu haben bestehen -

Was für eine Scheiße!

Ich bin traurig - Trotz aller Einsicht und „sehen" dessen, was los ist, schmerzt mich das sehr, zumal ich niemand bin, der jemanden voll kontrollieren würde oder an mich „binden" würde – ganz im Gegenteil. Leben leben…

Ich liebe es mit jemanden zu „sein", den ich liebe und gerade erst habe ich diese Erfahrung gemacht, dass diese Gefühle von mir dies aber alles irgendwie trüben bzw. den anderen ggf. flüchten lassen können… Wie furchtbar ich das gerade empfinde, kann ich kaum in Worte fassen – dabei hatte ich das erste Mal in meinem Leben kein Enge-Gefühl, weil „jemand" bei mir ist, ich habe nicht den Wunsch gehabt, wieder alleine sein zu wollen, den anderen nicht ertragen zu können, weil es mich erdrückt – ganz im Gegenteil!

Das erste Mal in meinem Leben hatte ich den Wunsch, ich möchte, will dies, für immer – ich will diese Person bei mir haben, mit ihr das Leben teilen, beisammen sein, sich zusammen und auch getrennt entwickeln, aber dabei immer und trotz allem „leben lassen". Den anderen zu stärken und zu ermutigen, zu leben, zu „sein" – weil das meiner

Ansicht nach so wichtig ist, um Leben wirklich zu fühlen – ein Leben und Lieben auf Augenhöhe...

Ich liebe diese Person sehr, hätte sie gerne bei mir, weil sie einfach ein Teil von mir ist, sie aber auch in ihrem Lebenskonstrukt festhängt, in ihrem Selbst, ihrer Angst, demzufolge mich „stehen" lässt (**mein** Empfinden).

Auch bekomme ich kein Gespräch mehr, keine Erklärungen, es wird sich vollständig zurückgezogen, nichts... was mir wiederum das Gefühl vermittelt, dies alles nicht „wert" zu sein (**mein** Empfinden), diese Gefühle ggf. „nicht verdient" (wieder **mein** Empfinden) zu haben...

Nach dem ich so über mich selber grübelte, wieso ich das so empfinde: plötzliche Selbsterkenntnis!

**Verlustangst...**

Was für eine Scheiße!

Verlustangst klar definiert – wieso auch nicht, wenn man alle Menschen – warum auch immer – verliert, die man liebt, muss ja was zurück bleiben...

Und nun!?

Ich habe keine Ahnung.

Seit zwei Wochen habe ich wieder – so wie letztes Jahr im Frühjahr – Therapeuten abtelefoniert, eine habe ich erreicht! Nichts zu machen zurzeit. Alles belegt und ich soll in 6 Monaten wieder anrufen... Das dazu... Und ich muss schon sagen, dass ich auch keine Lust habe auf eine weitere Therapie; zurzeit zumindest. Abgesehen davon, dass es kaum möglich ist einen Therapieplatz zu bekommen...

Ich kann auch nicht mehr kämpfen – ich habe keine Kraft mehr, ich tu dies mein ganzes Leben schon, immer wieder und immer wieder kommt irgendetwas Neues oder Unerwartetes dazu, was mich mein ganzes Leben umkrempeln und ändern lässt, immer wieder neue Lebenssituationen, wieder so ein beschissener Kreislauf, der mir sagt „Hallo, kennst du das nicht!? ÄNDERE ES – sonst kommst du aus dieser Spirale NIE raus!“

UND ohne wirklich anzukommen, sei´ es, dass meine Ehe in die Brüche geht, meine Beziehung nicht hielt, weil es mir meine Kindheit sehr genau wieder vor Augen führte  oder nun die Person, die ich über alles liebe, sich von mir zurückzieht und ich dadurch wieder diese Verlustängste erlebe – UND gleichzeitig mich selber sehe und meine alte und kindliche Verletztheit erkenne… Immer wieder Spieglungen! Ich bin es leid und ich bin müde, habe keine Lust mehr auf diese Art von Kampf. –

Müde vom nicht „komplett“ und ganz sein, so dass Liebe sein kann, leben kann, obwohl ich das erste Mal erlebt habe, dass es nun wirklich geht, ich komplett lieben kann, in jeder erdenklichen Art und Weise, mich wohl fühlen kann dabei und damit.

Ich bin müde von dem dauernden, „das liegt an den Missbrauchserfahrungen“ – das liegt am Trauma, an diesen Kreisläufen des Spiegelns.

Ich bin fast 43 Jahre alt, erziehe seit fast 16 Jahren meine drei Kinder allein, bemühe mich um ein Leben, welches ich mir anders vorgestellt und erträumt habe und auch anders geplant war – in jeder Hinsicht!

**UND** ich habe niemals meine Lebensereignisse als Entschuldigung genommen für irgendetwas in meinem Leben, werde aber immer wieder irgendwie als Begründung in diese Richtung geschubst!

Meine Güte... – Wenn ich das so lese, muss ich lachen, eigentlich auch weinen, aber... nun ja.

Mal sehen, wofür das alles so gut ist ;-)

Ich denke, es ist sehr wichtig, sich selber zu sehen, zu fühlen und zu sein und irgendwann zu erkennen, dass dies aber auch erst gelernt werden muss! Und das wohl das Schwierigste am ganzen Leben ist, ohne blind zu werden und einfach nur stupide weiter zu machen. Es ist wichtig zu lernen, Ruhe zu finden, dies genießen zu können (was war dies schwierig für mich!).

***Es geht nicht nur um ein aufstrebendes, berufliches Weiterkommen, mehr leisten können, sondern um ein Ankommen bei sich selbst.***

Alleine spazieren gehen, die Natur genießen oder irgendwo zu sitzen, Musik zu hören, ein Buch zu lesen und dabei einen Cappuccino zu trinken, Liebe zu leben und zu geben (zu sich selbst und zu anderen), bedingungslos zu seinen Gefühlen stehen – das ist für mich Lebenssinn und damit macht das Leben endlich Sinn für mich. UND genau das ist das Schwierigste am Leben, den Sinn zu sehen und zu verstehen (erinnere mich, wenn ich wieder keine Frustrationstoleranz habe und keine Geduld)!

**Einmal ohne all das leben**, das wünsche ich mir des Öfteren...aber gleichzeitig weiß ich auch, dass mir dies wahrlich nicht genügen würde. Ich bin weder sehr geduldig, noch ertrage ich Situationen, in denen ich nicht authentisch sein kann und trotz aller grübelnden Phasen drängt es mich, weiter zu kommen – wie auch immer.

Insofern: muss man sich vielleicht des Öfteren im Kreis drehen, deprimiert sein, mit sich selber Mitleid haben, heulen vor Wut oder vor Trauer... – um selber eine Lösung sehen und auch finden zu können, weiter zu gehen.

## seit 2008

falle ich rückwärts

erinnere mein Leben,

als wäre

**NIE**

was anderes gewesen…

es ist komisch,

fühle mich gehemmt

ängstlich und klein,

so als hätte ich nie gelebt…

erinnere Sachen,

die ich total „vergessen" hatte -

**AUCH** Gefühle sind **PLÖTZLICH** dabei,

die allerdings - glaube ich - sind nicht neu,

fühlen sich nicht gut an

und

erkenne ich wieder,

irgendwie…

**PLÖTZLICH** erkenne ich Gerüche,
die mich umfallen lassen.

Männer,
die mich erbleichen
UND
zurückschrecken lassen,
ohne mir jemals zu nahe gekommen zu sein…

es ängstigt mich,<br>ich fühle mich<br>schutzlos, hilflos<br>UND<br>PLÖTZLICH<br>so klein…

**seit 2010**

reagiere ich äußerlich,
mein Körper

wandelt sich

noch offensichtlicher

ist es nun für mich,

dass ich etwas ändern muss –

über alles irgendwie reden muss

– ohne TABUS!

doch die Angst

vor erneuten Erinnerungen

macht mich schwach –

eine Infektion nährt die nächste,

´krank sein“ ´

wird zu einem immerwährenden Kreislauf –

ich komme da nicht ´raus…

mein Immunsystem

schaltet sich aus…

und wieder muss ich nach Haus´

- mich schlafen legen

und ausruhen

doch mein Körper wehrt sich,
Schmerzen bestehen,
Infektionen treten nun
auch „außen“ auf,
sichtbar verteilt auf der Haut
fühlt sich alles nicht richtig an –

ich muss da ´raus –

weiß keinen Weg,
nur das Reden hilft
und zeigt mir den Weg,
aus dem ´verloren-sein´ hinaus…

Depression, Burn-Out,
Hilflosigkeit -
all´ das macht keinen bereit
hinaus ins Leben zu gehen
und – allen Symptomen zum Trotz -
zu überleben…

# Why

Is it so hard for me
to find myself in this life
– finally –
I think it is getting time
and all the time,
when I think
that I finally found me
the “me“
falls in billions of pieces
and destroys again
the picture of me
I had
and want to present to the “outside“ world
proud
of being – finally – myself
after that long journey I had
finding myself…

and falling back into
billions of pieces….

# Bedeutungslos

ziehen die Tage an mir

vorbei

Ich sitze auf der Terrasse –

höre die Vögel singen

& spüre den leichten Wind...

bedeutungslos

erscheint mir gerade

all´ mein Tun und Sein

das alltägliche Handeln

& erledigen der Alltagspflichten...

bedeutungslos

erscheint mir alles,

das erste Mal in meinem Leben

erreicht die Sonne

nicht mein Herz,

ich möchte so gerne wieder fröhlich sein,

ohne Kummer, ohne Schmerz,

glücklich -

doch es gelingt mir nicht

dieses Gefühl

von Bedeutungslosigkeit

zu verlieren,

weil es bedeutungslos erscheint...

# AUF DER FLUCHT

Ich stehe irgendwo mit dem Auto und weiß den Weg nicht mehr zurück nach Hause... Wie peinlich. Schalte mein Handy ein, um den Weg zu finden... Und bin erleichtert, als alles gefunden ist und fahre los. Mit dem Fahren kommt die Erinnerung... – aber nicht der Mut, ohne Wegweiser zu fahren, sehr unangenehm – ich wohne hier nun seit fast 5 Jahren – und nun das...

Mitten in einer Unterhaltung fehlen mir praktisch die Worte, die ich eben noch wusste und weiß sie nicht mehr. Weiß nicht mehr, worum es ging, was das Thema war und was ich eigentlich sagen wollte... Sogar die Namen meiner mir gegenüber fallen mir gerade nicht ein und ich benenne nichts, aus Angst, sie falsch zu benennen und halte den Mund.

Ich stehe in der Küche und will kochen, doch mir fällt nicht mehr ein, wie das noch geht. Sachen und Dinge und Namen, die ich jahrelang kenne und wusste, sind verschwunden, nicht mehr da und greifbar für mich.

Ich baue mir Eselsbrücken, um den Alltag durchstehen zu können, schreibe alles auf Zettelchen auf – scheitere jedoch oft. Verabredungen kann ich oftmals nicht einhalten, weil ich nicht mehr kann, erschöpft bin, oftmals ohne Grund einfach Ruhe brauche, mich hinlegen und alleine sein muss – so verliert man „Freunde“... oder solche, die es hätten werden können – unerklärbares und bescheuertes Verhalten für die „anderen“, die, die es nicht wissen.

Immer erklären zu müssen, warum dies oder jenes gerade nicht so geht, ein „Eingeschränkt-sein“ in eine „Behinderung übergeht“, ohne erklärlichen Grund.

Ich schäme mich für das, was ich zurzeit in den Händen halte; Scherben meines Lebens, Scherben meines Selbst. –

Ich fürchte mich vor vielen Menschen, fühle mich angestarrt. U-Bahn fahren endet in einer Panikattacke, schwitzend und herzklopfend gehe ich schnell aus dem Bahnhof heraus, ohne eine Chance allein sein zu können, weil überall um mich herum Menschen sind, ich mich unwohl fühle und irgendwie blind. Der Schweiß rennt mir von der Stirn, meine Hände zittern, ich will nur noch weg und kann es nicht, weil die Frau neben mir, sich nun eine Tour durch Hamburg ersehnt, die Stadt kennen lernen will – und ich will nur weg.

Es ist mir unangenehm; Tränen laufen mir unbemerkt die Wangen herunter, ich versuche es mit der Sonne zu erklären, die mir in die Augen scheint, trotz Sonnenbrille.

Lebensfähig zu sein ist mein einziger Wunsch. Wieder leben zu können. Jeden Tag. Mit Plänen und Ziele und Wünschen und Träume vor Augen zu haben, Familie, Eltern, Geschwister und Freunde haben, lieben und ertragen zu können – ohne mit dem Wissen verurteilt zu sein, dies alles so nie wieder haben zu können. Dies ist nicht mein Leben, wird es nie wieder sein.

Schreiben kann ich plötzlich nicht mehr, so viele Rechtschreibfehler schleichen sich ein, ohne dass ich sie bemerke schreibe ich weiter, Word dankend für die Erkennung dieser - Scherben meines Lebens in den Händen haltend, die meine Hände blutend machen, so dass ich endlich wieder etwas spüren – etwas leben kann. Ich habe keine Narben von bewussten Verletzungen, ritze mich nicht und schneide mich nicht, ich habe kein selbstverletzendes Verhalten. Es erreicht mich nur nichts mehr und das einzige, was mich am Leben hält, ist die Verantwortung meiner Kinder gegenüber.

Und selbst die wird mir oftmals schwer, dabei liebe ich sie so sehr und würde für sie sterben, dabei muss ich für sie leben, jeden Tag, egal wie schwer das auch sein mag. Und weiß dann, dass die Worte „ich kann nicht mehr“ so viel mehr Echo haben, als Bedeutung...

Ich kann nicht mehr haucht einem Menschen kein Leben mehr ein, weil der Tod sich schon irgendwie breit gemacht hat, auch wenn er atmet, fühlt er nicht.

Eine endlose Reise des Ertragen-müssens, mit Existenzängsten gepaart, als hätten man nicht schon genug Ängste in seinem Leben ertragen.

Nun kommen Menschen daher, die einen begutachten müssen. Die oftmals Geschichten wie meine lesen, empathisches Mitgefühl empfinden, aber nicht wissen, wie es ist mit so einer Pein leben und jeden Tag wieder aufstehen zu müssen. Beurteile bitte dieses Leben, was meines ist, aber kein Leben mehr ist; eigentlich. Für die Rente hatte ich 4 Monate; die Rentenversicherung sah es und gab sie mir: Erwerbsminderung, sogar auf Dauer – ohne weiter nachzufragen – mit knapp 40 Jahren – das war für mich kaum zu ertragen, war es doch auf dem Papier festgehalten. Ich kann dieses Leben als Leben nicht mehr leben, weil meine Beeinträchtigungen zu beeinträchtigend sind... um normal weiter arbeiten gehen zu können... und alles nur, weil mir 10 Jahre genommen wurden, als Jugendliche und als kleines Kind, die Zeit von sechs bis achtzehn blieb irgendwie steh´n... und ich war dann auch nicht mehr zu sehen...

Oder wie kann man etwas beurteilen, was gar nicht ist!? Und jedes einzelne Hindernis an Behinderung wird mit einem anderen zusammen getan, weil sonst das Gutachten nämlich keines mehr ist und nur noch eine Reihe schlimmer Umstände einer langen und unaufhaltsamen Liste erhört, für die es kein Urteil gibt, außer dass, das es kein Leben ist für ein Leben, was quasi schon zu Ende ist... Bitte, sieh genau hin: es ist so viel an Emotionen und Pein und Angst – also nimm mir doch bitte diese Angst der Existenz und gib mir die ganzen 100 Prozent, so dass ich mich um diese nicht mehr sorgen muss, es nicht mehr mit 100 Euro am 15ten bis zum Ende des Monats reichen muss... Ich mich beim Einkaufen nicht mehr wie ein Bettler fühlen muss...

Ich kann nicht mehr arbeiten gehen. Nicht weil ich nicht mehr will, sondern weil das „Nicht können“ mir meine eigenen Grenzen und die facettenreichen Fratzen aufzeigt, die kaum auszuhalten sind. Nicht ertragbar sind. Nicht lebbar.

Ich verdiene kein Geld mehr.

Ich bin zu Hause.

Nicht mehr gesellschaftsfähig.

Erwerbsgemindert. Vollständig. Auf Dauer und für immer. Beeinträchtigt.

Ich bin ...

Bin ich eigentlich!?

Eigentlich doch nicht.

Irgendwie bin ich auf der Flucht. Vor mir selber. Diesem Leben. Dem Aufstehen und Weggehen, dem Einkaufen und meinen Kontostand sehen... Ich habe kein Einkommen – Existenzangst überleben und bestehen, jeden Tag aufs Neue – dabei habe ich so gekämpft, um ein Leben zu haben... was „vorzeigen" zu können, was „ in der Hand" zu haben, für meine Kinder, für alle.. und für mich, irgendwie zumindest...

Und nun stehe ich da, habe nichts. Kein Einkommen, kein Auskommen. Bin krank, irgendwie. Normalität nicht erreichbar für mich. Unerklärbar für Nicht-Betroffene, oftmals sogar unerklärbar für mich.

Ich krieg es nicht hin, das Telefon zu nehmen und jemanden anzurufen, Anrufe ertrage ich oftmals nicht – telefonieren geht nur selten.

Ich habe Angst. Angst, dass ich vergesse, mit wem ich gerade telefoniere. Angst, dass ich vergesse, worum es bei diesem Telefonat geht und Angst, dass ich vergesse, worum es gerade geht oder wen ich überhaupt gerade anrief. Lustig, oder!? Habe es gerade doppelt geschrieben und es nicht bemerkt, na ja, ich lasse es nun so stehen – vielleicht vergesse ich ja diesen Schmerz...

Selbst raus gehen und spazieren gehen ist oftmals schlimm, weil ich lieber auch dabei alleine sein will. Unsichtbar sein wäre es dann... einfa mich. Mein Leben. Oder zumindest das, was übrig geblieben ist. Lohnt sich nicht.

Ich bin müde und erschöpft. So müde, will nur noch schlafen und lege mich in mein Bett. Versuche zu schlafen; drifte langsam weg... Diese Gedanken, die mich nicht schlafen lassen, immer wieder kommen, wieder Leben zu schaffen. Ich will Normalität, normal sein, so ganz für mich und natürlich für meine Kinder. In den Urlaub fahren. Normal einkaufen gehen und Rechnungen bezahlen... Arbeiten gehen und Freunde haben, nicht vergessen, dass ich mich mit ihnen verabredet habe. Oder abzusagen, weil ich nicht kann, 10 Minuten vor dem Treffen...

Ich halte mich aufrecht, weil ich es muss. Meine Kinder halten mich aufrecht, sie sind mein Anker, halten mich hier und jetzt am Leben – auch wenn ich dies nicht mehr so bezeichnen mag.

Briefe schreiben wird zur Qual, jedes Öffnen des Briefkastens lässt mich hoffen, dass es nicht etwas ist, wo ich drauf antworten muss. Und bin erleichtert, wenn ich ihn schließe und nichts geschrieben werden muss.

Mich erreicht Fröhlichkeit nicht mehr, Freude... glücklich sein – das Leben tagtäglich zu leben überfordert mich und hält dies alles zurück. Ich kann es nicht empfinden, wenn ich doch Angst habe zu fühlen. Nähe zu anderen ertrage ich kaum, fühle mich dann eingesperrt, auch in einem freien Raum.

Erkenne mich oftmals nicht wieder und will mein altes Leben wieder, wo ich noch dachte, ich kann und werde alles schaffen, wo ich fröhlich war und lachen konnte – auch wenn in mir die Atombombe tickte, unhörbar für mich leise, zum Endpunkt hin tickte...

Mein Atmen fällt mir oftmals schwer, Asthma, ohne Grund - ich fühle mich wie ein Hypochonder... Ich habe Schmerzen, ohne dass was zu finden ist. Kann mich kaum bewegen, wenn ich mein Schmerzpflaster vergesse, was ich seit nun fast 7 Monaten nehme. Ich bin nicht mehr ich, weiß aber auch nicht, ob ich das jemals war.

Kann wieder nicht schlafen. Und bin doch so müde, von diesem ganzen Scheiß in meinem Leben. Gib mir einen anderen Körper, ein anderes Leben, dieses hier will ich nicht mehr. Ertrage es einfach nicht mehr, es ist ein Weg ohne Wiederkehr.

Ich möchte mal Liebe leben und fühlen, einfach so und ohne Grund. Ich will in den Arm genommen werden, ohne dass ich Angst habe, verletzt und dann wieder verlassen zu werden. Ich möchte an einem Tisch mitten im Raum sitzen können, ohne Angst zu haben, dass hinter mir was passiert, was mir schaden kann, weil ich es nicht sehen kann. Ich will einfach mal was kaufen können, ohne daran zu denken, dass ich in 5 Tagen davon noch Essen kaufen und kochen muss. Ich will schwimmen gehen, ohne mich dafür zu schämen, wie mein Körper durch meine Schilddrüse aus der Form gerutscht ist. Ohne angestarrt zu werden.

Ich möchte wieder was sagen und es einhalten können, Termine machen und einhalten können. Telefonieren können ohne Angst. Ich will Leben und leben können, ohne Angst, weil ich es nicht kann. Ich will wieder „ich will" sagen können, ohne meine eigenen Grenzen mit „Ich kann es nicht" bewerten, benennen zu müssen.

Leben. Frei und ohne Angst. Normal sein. Lieben. Glücklich sein. –

# WEGEN DIR!

Sehe ich nach so vielen Jahren

immer noch

und immer wieder

dein Gesicht vor mir,

dein hämisches & verachtendes Grinsen –

fühle deine Hände

auf mir,

die mich verrieten,

in mir Gefühle und Ekel hervorriefen –

**WEGEN DIR!**

Kann ich nicht mit einem Mann schlafen,

ohne Ausschlag & Infektionen zu bekommen –

Hautreaktionen

– gerade & auch an intimen Stellen –

begleiten mich

seit über 25 Jahren

sind sie mein ständiger,

mein schmerzender Begleiter

auf all´ meinen Wegen…

& erinnern mich

an deinen Willen,

dich zu befriedigen,

mich zu missbrauchen,

mir Gewalt anzutun,

in jeglicher Form

ohne zu fragen

ob ich das alles überhaupt will –

## für den Rest meines Lebens

## **WEGEN DIR!**

habe ich immer das Gefühl

du stehst hinter mir
& überraschst mich,
mit deinem Atem
an meinem Hals –
& deinen Händen
auf meinem Körper,
die mich streicheln
– mein Körper reagiert –
ich ekel mich!

## WEGEN DIR!

Kann ich nicht
mit dem Rücken
zu einer Tür sitzen
oder einem offenen Raum –
ohne Angst „überrascht zu werden“,
kann dem Gefühl „SICHERHEIT“ nicht
trau´n-

nach so vielen Jahren…

## WEGEN DIR!

sehe ich
in einigen Männern
dein Gesicht,
mit denen ich mich
– vielleicht –
verstanden hätte,
vielleicht eine Beziehung angefangen hätte,
wer weiß…

in einigen sehe ich
deinen Körper
& mir wird so schlecht –
habe Angst davor,
was die daraus
resultierende Lähmung

mit mir macht

**WEGEN DIR!**

reagiert mein Körper

mit Schmerzen

auf

und

in

bestimmten Reaktionen

und verliert sich…

**WEGEN DIR!**

fühlte und fühle

ich mich dumm,

als Verlierer

& so schmutzig

& schutzlos

– mein Leben lang

## WEGEN DIR!

habe ich keine Familie,
es oftmals so schwer im Leben -
- brauchte Jahre
um nicht mehr abzuschalten,
abzukapseln
von meinem eigenen Körper
und ihn einfach da zu lassen,
wo er gerade war
- war eine Zeitlang einfach nicht mehr da
–

## WEGEN DIR!

habe ich Angst
vor dem Schlafen
& dem schutzlos sein
in der Nacht

## WEGEN DIR!

habe ich Angst
um meine Kinder,
dass ihnen ähnliches passiert, wie mir…

## WEGEN DIR!

ist mein Leben kaputt,
absolut und unwiederbringlich
irreparabel zerstört,
meine Lebens-Sicherheit verloren,
war mein ICH vergraben,
meine Vergangenheit ein Mysterium,
nur noch gemessen an den Schuljah-
ren…

## WEGEN DIR!

hatte ich keine Kindheit,
keine Jugend
& war alleine
an so vielen Tagen

**WEGEN DIR!**

dusche ich jeden Tag

– oft auch mehrmals –

weil ich mich

NICHT MEHR SCHMUTZIG FÜH-
LEN MAG!

MICH TROTZDEM DRECKIG FÜH-
LE – IMMER NOCH!

**WEGEN**

**den**

**von DIR**

begangenen Taten!

– die du vielleicht schon vergessen,

vielleicht ein neues Opfer gefunden
hast. –

**Kämpfe ich prinzipiell jeden Tag**
**Ums ÜBERLEBEN**
**Um zu leben!!!**

**UND** weißt du was?

Ich verachte dich dafür
& wünschte

**DU!**

**<u>und</u> meine wissende Mutter** !

würdest davon

„nur“ „mal“

1/3 er - leben!

# Ich kann mein Bett nicht beziehen

nicht aufräumen, wischen, putzen!
habe keinen Hunger, will nicht raus gehen,
kann nicht weg –
mein Kopf denkt zu viel und zu laut,
bin erschöpft von dem ganzen Lebenskram,
es ist alles immer so laut!

Ich fühle mich ausgepowert,
fertig und will nicht mehr,
von Können kann keine Rede mehr sein,
Können kann ich schon lange nicht mehr…

ich will mich einbuddeln, mach das Licht aus,
es ist alles zu hell – mache die Vorhänge zu!

Ich will weg,

unerkannt und nicht gesehen werdend,

verschwinde ich,

bin einfach weg… interessiert ja nicht!

Mache meine Augen zu und schlafe,

stundenlang,

ohne wirklich auszuruhen,

Erholung gibt es nicht…

immer wieder so müde,

immer wieder so krank…

Ich will nicht behelligt werden,

von Telefonaten, Briefen, Terminen,

die Plicht von heute oder morgen –

lass´ mich in Ruh´

ich kann nicht mehr...

schreiben mag ich auch nicht mehr!

# manipuliertes und konditioniertes „Ich“

Ich habe schon sehr früh gelernt, mit (bzw. ab) ca. 8 Jahren mit goldenem Besteck zu essen, in einem „gutem“ Restaurant das zahlreiche Besteck von außen nach innen zu gebrauchen, die Zigarren nach gut und schlecht zu unterscheiden. Und eine Havanna am Geruch erkennen zu können, an einem Pelzmantel die Echtheit sehen und fühlen zu können und was es für Yachthafen in Holland und Dänemark oder Frankreich so gibt. Segelkarten lesen und auch segeln zu können, dabei einen Calvados reichen zu können oder Cuba Libre, je nach Lust und Laune so wie es sich gehört, auch mal nach dem Essen einen Cognac zu trinken – aber das eine Zahnbürste oder eine Flasche Wasser nicht teuer war, erfuhr ich erst mit fast 20! In Amerika!

Ich sah, das Wasserflaschen nur ein paar Cent kosteten, auch Zahnbürsten alle paar Wochen – und je nach Bedarf – neu angeschafft werden konnten (und ich habe immer gedacht, wie teuer die wohl sind als Kind...)... Wieder in Deutschland erkannte ich total verdutzt, auch hier entsprach das den Tatsachen... Und was für ein ÜBER-ICH und Denken mir vorher auferlegt wurde, ein schlechtes Gewissen mir gratis verschafft wurde, dauerte noch weitere Jahre – in diesem Sinne mein Über-Ich komplett konditioniert und manipuliert wurde, dieses für über 20 Jahre immer noch und immer wieder unerkannt und ungesehen mein Begleiter war, Manipulationen immer noch im Gedächtnis waren... Unfassbar erkenne ich: Mein Leben war eine Lüge – wie lebte ich!? Diese Welt musste ich lebbar machen – für mich!

Ich hatte das Gefühl, als erwachte ich und erinnere mich... Zu essen gab es oben bei uns fast nichts. Morgens zur Schule war keiner da, kein Essen und Trinken zum Mitnehmen. Wir gingen zur Schule – mein Bruder und ich – ich brachte ihn zur Grundschule. Ich liebte ihn, passte auf ihn auf und nahm immer gern für ihn die Schläge im Kauf – ich beschützte ihn, es gab nur ihn für mich, er blieb und lief nicht weg...!

Aber unten, bei ihm, gab es alles: Saft und Wasser und Essen und Eis und Brot und Wurst und Käse und Joghurt. Doch ohne einen Schlüssel zu haben, gab es da kein Ankommen, an das Normalsein in diesem ganzen Wahnsinn der Gegebenheiten, die normales Leben für mich waren, einen so großen Platz, eine Riesen-Rolle in meinem Leben spielten, mich formten, die Entwicklung verhöhnten... Und das „Kind sein" verstießen. –

Ach ja, ich darf nicht vergessen zu erwähnen, dass Schläge an der Tagesordnungen waren, ich gehorchen musste, egal um was und worum es ging. Und dass er uns in der ersten Nacht des bei ihm Schlafens schon mit einem Stock schlug, weil ich was trinken wollte... Ich war ein kleines Kind, sechs oder sieben Jahre jung: überall wo er auch nur traf, mein Rücken und mein ganzer Körper voller blauer Flecken und Striemen war...

Dies hielt an, jahrelang, oftmals traute ich mich nicht, mich beim Sport in der großen Kabine mit den anderen Mädchen umzuziehen, tat dies in der WC-Kabine, ganz alleine für mich, hoffte, dass nichts gesehen wird, hatte solche Angst entdeckt zu werden...

Und ich begann, die Schule zu lieben, dort lieber zu sein als anderswo, weil dies ein Ort für mich war, wo mir nicht so viel passierte, außer die Hänseleien der anderen, weil ich halt anders war, nichts durfte. –

Und „zu Hause“ ging es weiter, jedes Vergehen wurde geahndet, egal mit was auf mich eingeschlagen, als der sexuelle Missbrauch zunahm, nahm der körperliche etwas ab, aber es wurde munter weiter geschlagen und Holzlöffel zerbrachen irgendwann auf meinem Rücken...

Mit 16 dann, stand ich auf und holte ihr wortlos einen neuen Holzlöffel, gab ihn meiner „Mutter“ ... und aus und mit blinder Wut schlug sie weiter zu, dass ich es gewagt hatte, ihr dies anzutun! Manchmal fiel ich auch in Ohnmacht, aber das interessierte sie nicht, sie schlug mich dann wieder wach...

Aber ich weinte nicht mehr dabei, es kamen keine Tränen mehr. Weinen konnte ich schon lange nicht mehr – und die Schläge tat ich ab mit einem Schulter zucken; es gibt Schlimmeres...

Aber ich wusste nun, dies war besser als seine Besuche an meinem Bett und an und in meinem Körper, der sich fremd anfühlte, mir irgendwie nicht gehörte und ich jegliches Gefühl zu meinem Körper verlor.

Noch immer ist es so, sehe, spüre und höre ich

diese Erinnerungen – von weitem schon, erkenne daran, wie groß diese Lüge war, die ich gelehrt wurde zu leben, ohne darüber nachzudenken, dass dies alles normal für mich wa(h)r...

Jahrelang hatte ich die gleiche Zahnbürste, nur wenig Unterwäsche, kaum Socken... Kaum etwas Anzuziehen!

Nur meine Mutter wusste dies für sich zu nutzen. Bekam ich mal was Neues, sagte sie zu mir, nimm dies oder das, hier, sieh, ich kümmere mich um dich, sieh´ doch, wie sehr ich dich liebe – das habe ich dir extra mitgebracht – wenn du das nicht magst, ich ziehe es dann an... Eine weiße Jeans, eine Jacke zur Konfirmation oder ein paar Schuhe – in denen hatte ich mir die Füße zur Schule und auch wieder nach Hause blutig gelaufen in der 10. Klasse, ich traute mich nicht, diese auszuziehen, sie hat geschrien, erzähle mir nichts, die passen dir... Weil auch 40er Füße in 38er Schuhe passen, na gut, ist halt etwas „schief gelaufen“ - heilt schon wieder, ist nicht schlimm – und die Seidenstrümpfe musst du nun wohl entsorgen, schade auch: ach ja, Happy Birthday mein Kind – das ist zu deinem Geburtstag! Nicht schlimm, ich ziehe sie dann an und wenn du frische Unterwäsche brauchst, ziehe deine andersrum an – oder nimm meine, aber pass drauf auf, Satin und Polyester sehen nämlich besser als deine aus!

Noch heute kann ich es kaum glauben, wie sie diesen Verkauf und Verrat an ihrem Kind beging, an mir, einem Mensch, der es wert ist, gesehen zu werden – was ich nun auch sehe und weiß und erkenne, nach so vielen Jahren des mir eingefleischten und eingeprügelten Taugenichts-Scheiß!

Mit 13 dann, als die kindliche Entfaltung zur Frau begann, spürte ich ihre Eifersucht auf den Mann, der mich nun noch genauer anzusehen begann – wie war das bloß, warum!? Was passierte hier bloß?! Ich verstand das alles nicht...

Er brachte mir plötzlich was mit, gab mir Geld für ein Eis. Sah mich immer merkwürdiger an, ich spürte es, es fühlte sich komisch, aber überhaupt nicht gut an... und nicht nur, wenn ich was Falsches gemacht habe, was immer passierte.

Er ging an mir vorbei und streichelte meine Brust, meinen Hintern und sagte dabei, der wird mal schön prall, hmmm, ist das geil! Und drückte ihn leicht – ich war 12, 13... Es hörte nicht auf und meine Geschichte nahm weiter ihren Lauf... Er fasste mich weiter an, auch vor anderen, seinen Freunden; Nachbarn, um zu beweisen, was für ein Mann er ist – und keiner half, auch sie nicht... Was habe ich nur getan!? *(Dass niemand was sagte oder tat, verstehe ich bis heute nicht!)*

Ich bin doch ihr Kind – ...wieso half sie mir nicht, sah´ nicht, was passierte und wieso schnitt sie meine Haare so kurz, 10 cm mit der Maschine genügen und ein Kassengestell in zartrosa aus den 80ern, großes Gestell. Ach, und der Bundeswehr-Parka vom Onkel, den ziehst du dann im Winter ´86/7 an, ich kaufe nichts anderes für dich, schau mal an, wie hässlich du bist, selbst schuld bist du daran. Hättest du dir die Haare gebürstet, wäre das nicht passiert!

...ich fühlte mich schlimm, schämte mich, wollte nicht raus gehen und dann, am nächsten Tag,...

Was wurde ich ausgelacht in der Klasse, ich schämte mich, die Haare, die Brille, die Eifersucht meiner Mutter und das betüddeln durch ihn, der mich nun „sah"... Er starrte mich immer so an und dann, wenn er nachts an mein Bett kam und dieses Berühren begann...

Siebte Klasse, 13 Jahre und der Horror begann unsehbar zu werden für andere, spürbarer für mich und ich fragte mich, warum kann er nicht einfach weiter mich nur schlagen, die Gewalt ist mir lieber gewesen, das wäre weniger irritierend für mich, ich schämte mich... Zersplitterte dann, innerlich, vor allem bei dem Satz: „Du brauchst neue Schuhe? Du weißt, was ich dafür will..." Und er hielt auf einem dunklen Parkplatz an der Autobahn dann an...

Was und wer bin ich, fragte ich mich dann und verlor mich in dem Akt, der nicht meiner war. Das Kind langsam gestorben war, mit jeder Berührung an weiteren Tagen mit weiteren Taten weiter verloren ging. -

Es gab fast nichts zu essen oben bei uns, gelebt wurde bei ihm. Ich aß gerne Obst und hatte irgendwie immer Hunger, wir waren meistens den ganzen Tag ohne Essen. „Mutter" war kaum da, sie war immer bei ihm, sie gingen mittags essen und abends dann, kamen er und sie mit gekauften Sachen an. Es gab dann Steak und frisches Gemüse und Kroketten zum Beispiel, doch bis dies fertig war um 20 h, hatte ich schon keinen Hunger mehr, saß dann mit denen vor dem Fernseher. 20:15 h einen Film schauen, wir sind schließlich eine Familie. Nein, du bleibst hier, nach dem Essen sitzen wir noch schön zusammen, bleib mal hier...

Und immer noch mit Sätzen im Ohr, wie etwa, „von Weintrauben fett“ zu werden, wenn ich mir welche nahm. Mit acht, neun und zehn, mit elf sie kaum noch anzusehen und mit Mitte Zwanzig sie nicht runter zu kriegen, mit der Angst es dann nicht mehr wert zu sein, geliebt zu werden. Außer dem Angebot nach drei Geburten innerhalb von vier Jahren (und nicht erkannten Schilddrüsen- und Seelenproblemen, die das Zunehmen steigerten...) Für 1000 Euro doch abzunehmen oder wieder die Tenuate zu nehmen, die sie mir schon mit 15 gab, das verhindert das Zunehmen. Und es dann endlich Wert für die Mutter zu sein, auch auf ein Foto sie zu beehren – welches dann in ihrem Laden hängen darf, um es den Kunden und der Familie, den Freunden ggf. auch stolz zu präsentieren... Was nun und auch seitdem nicht gegeben war, weil da der Bruder hing, der in den USA nun war, länger und vorzeigbarer als das „andere Kind“ – weil das schwarze Schaf nicht mehr formbar und auch erstaunlicherweise, wie komisch, nicht käuflich war... Unverständlicherweise, weil dies war ja Familientradition und überhaupt nicht weise!

Und wenn ich so nachdenke, über dies und das, was mir so passiert ist, was ich erlebt habe, kann ich nur den Kopf schütteln, mit viel Erstaunen und Verwunderung, wie viel Zwang und Macht ausgeübt wurde, nur um ein kleines Kind zu unterdrücken, sich Gehorsam zu erzwingen, jahrelang abzuschotten, Entwicklung zehn Jahre lang zu stoppen...

Dabei ist es so leicht, ein Kind zu lieben, beim Wachsen zuzusehen und diese Entwicklung zu sehen, zu bestaunen, wie schön dies ist. Und doch muss es zu viel gewesen sein, zu viel an Verantwortung, an dem eigenen Erlebten, einer Familien-Tradition, einem Feige-sein, einfach zuzugeben, dem Ganzen nicht gewachsen zu sein. Dem Kind einfach Leben zu schenken, eventuell an Adoption zu denken – und aus einem schrecklichen Kreislauf selber auszubrechen...

Doch so ist es gewesen, es wurde stagniert, leben und Veränderung ignoriert, nur der eigene Drang nach Macht und Reichtum nachgegeben, ohne Rücksicht auf kleines Leben, welches etwas Liebe und Fürsorge gebraucht hätte, keine Schläge und Seelenwunden, die nicht mehr vergehen...

Es gibt keine Entschuldigung dafür, kein Verzeihen – es geht hier nicht um einen kleinen Fehler, es geht hier um Machtmissbrauch und Mutterschaft, Verantwortung für Leben. Genauer gesagt für zwei, meinem Bruder und mich... Wobei der besser gelebt hat, auch traumatisiert, sich aber besser eingegliedert hat, nicht sexuell ausgebeutet wurde, nur dies zu sehen dabei blieb ihm nicht erspart in den ersten Jahren, bis er ein eigenes Zimmer hatte und ich weiter bei meiner „Mutter" ein Bett hatte, einen Schrank – ihren um genauer zu sein – hatte, „geliehen" für die dort gelebte Zeit!

Ich hatte nur einen Schreibtisch in ihrem Schlafzimmer (den bekam ich von Oma und Opa, mit sechs zum Schulanfang), welches irgendwie immer mein Zimmer war. Außer es gab Streit, Vollmond bei uns genannt, dann schlief sie oben bei uns, in ihrem Zimmer, das dann nicht mehr meines war. Machte auf gute Mama, kuschelte sich an, was mir so zuwider war – witziger Weise, schon immer, solange ich denken kann!

Das „Leben" ging weiter, die Wahlscheibe des Telefons wurde mit einem Sperr-Schloss versperrt, wir konnten nicht mehr telefonieren, wurden abgetrennt von der Familie. Es ging nicht mehr zum

Vater, nach der Schule nach Hause und lernen und weil das bei dir nicht klappte, gehst du nun mit, mit in sein Büro. 7. Klasse Realschule ist ja wohl zu schaffen: Ich zeige dir wie, bring dir alles bei, was du brauchst, notfalls mit Gewalt – und er nahm mich dort und er nahm mich mit, jeden Mittag in sein Geschäft, ein Jahr lang, so wie weiterhin nachts.. Und ich spaltete alles ab, egal wo wir waren und wann, er kam immer an mich dran, ein Versteck gab es nicht, keinen Schutz, 365 Tage im Jahr wurde ich entdeckt, mehr und mehr…

Erinnerung wurde verschoben, sonst hätte ich es wohl nicht geschafft…

Überlebt zu haben, dieser ganzen Qual, die mir anhängt, egal wie lang – ist es doch erstaunlich zu sehen, dass es nie vorbei ist oder sein kann, weil das Leben und der Körper nichts vergisst, immer erinnert mich irgendetwas, irgendjemand dran – dabei dachte ich, juch-hu – bin bald 35! Und mit 40 wird es besser sein!

DANN ist das vorbei, bin dann irgendwie voll erwachsen, alles geht vorbei… Doch vergiss das mal schnell wieder, Alter ist dabei nämlich so was von scheißegal – weil es kein Alter für Folgen gibt, auch wenn man mal zu einem Polizeirevier geht, alles zur Anzeige gibt, denkt, nun ist es bald vorbei, ich bekomme Recht, ich habe keine Lügen erzählt, ICH bin endlich frei!

Doch auch das stimmt nicht, weil Recht zu haben und Recht zu bekommen zwei verschiedene Paar Schuh betrifft... Die „Familie“ einem einfach vergisst, man unwichtig für diese geworden ist – einfach aus deren Leben ausradiert ist, weil er und sie noch da sind, Gold versprühen und Lügen leben und doch so tolle Geschenke und Partys – und dieses länger Leben leben, mehr, als einer Aussagen vermag – bis zum jüngsten Tag!

Nun ist es so, dass alles verloren scheint, das „Allein-sein“ – trotz Kindern – die Erinnerung an Familie hintergeht, obwohl es so und nicht anders geht, weil Kreisläufe zu durchbrechen vom Leben selbst und deren Entscheidungen lebt, bestehen muss – nur dies ein Weiterkommen und Durchbrechen von Traditionskreisläufen und eine Weitergabe an die nächste Generation verhindert, diese dann glücklicher und fröhlicher leben und fühlen lernt – weil eine Utopie lahm gelegt ist, die längst ausgedient hat... Qualen und Schmerzen genug erduldet hat – auf so unsagbar traurige Weise Leben genommen und zerstört hat, aber die Hoffnung und Liebe weitergegeben hat, dass ein Glauben an das Gute bestehen kann – und Böses böses bleibt, selbst wenn es immer verschwiegen werden kann und ein Geheimnis bleibt, eine Familie für immer zerstören kann...

Erkenntnisse über Richtig und Falsch ein Leben verändern kann, Wahr nur Wahr sein kann und bleibt, egal wie viel man daran versucht was zu ändern...

Ich habe überlebt, eine sehr schlimme Zeit und kämpfe mit den Erinnerungen, mit den Folgen dessen, die mein Körper und mein Leben veränderten – und verändern, weniger grausam als zu der Zeit der Erinnerungsschübe, nicht zu gewaltsam, als der Körper, die Psyche rebellierte... Aber doch so einschränkend, dass ich anders lebe als andere es „normal" empfinden, weil ein Normal sein für mich nicht vorhanden ist und wa(h)r !

Aber nun komme ich fast immer ;-) irgendwie klar, oftmals reißt es mich noch raus, dann geht es mir schlecht, aber ich habe immer mehr gelernt, auf meinem Körper und auf meine Intuitionen zu hören, zu glauben, wenn sich was „komisch", nicht richtig anfühlt… Ich habe viel gelernt und bin noch dabei, meine Reise geht weiter!

Aber ich will alles erzählen, erklären, warum es so schwer ist und sein kann, mit Erinnerungen zu leben, die keiner eigentlich gebrauchen kann und haben will – sie aber wahr sind und ich Kreisläufe durchbrochen habe und meine Kinder dadurch vor so etwas gerettet habe!

Es ist wichtig, aufzuklären, Menschen sehend zu machen für Sachen, die unsichtbar sind: Der Missbrauch hört nicht mit dem Missbrauch auf, sondern beginnt erst mit den Folgen zu leben – denn er hört ein Leben lang nicht auf!

# BURN OUT

von  heute auf morgen

verändert

sich die gewohnte alltagsbewältigung

geht verloren

und passt sich einem

leben an

was kaum noch funktionieren kann

nicht gesehen

oft

nicht verstanden wird

viele gehen darüber hinweg

empathielosigkeit

unverständnis

einsamkeit

ihr leben schmückt

es nicht verstanden wird

eine überforderung die gesundheit drückt

kein urlaub

kein wochenende

zur erholung beiträgt

man immer schlafstörend schlafen will

kaum zu hören

nicht konzentrieren kann

vor erschöpfung

nicht gehen – schlafen – aufstehen kann

lebenskämpfe

nicht mehr fechten kann

alltag nicht bewältigt werden kann

erzähle mir von deinem Leben, aber nicht den „typischen Lebenslaufteil“, sondern den privaten Teil, den keiner kennt, das, was du erlebt hast, was nirgendswo geschrieben steht.

Und ich sah die Person an und wusste nicht, was erzähle ich? Ist es der Lebenslauf, der mich ausmacht? Was bleibt, ohne dies zu erwähnen!?

„Was gibt es über mich zu erzählen?“ fragte ich und schaute sie an...

**„Erzähle mir einfach von deinem Leben“**

„Was gibt es da zu erzählen? Ich habe versucht zu leben...Eins aufzubauen, weiter zu kommen, zu lernen, um nicht stehen zu bleiben, ich wollte so viel sehen und erleben... Ich habe gedacht, ich muss mehr wissen, damit mir weniger passiert, passieren kann... Ich wollte frei sein, vom inneren zerrissen sein, zwischen Wahrheit und Verstand.“

Ich stockte... Das war mir bis gerade eben noch nie so klar gewesen und ich fuhr fort: „Ich hatte immer Sehnsucht nach Leben und normal sein, wie andere leben können... Und ich wollte nicht wie meine ‚Mutter' sein, eine Hure, die ihre Kinder missachtet, misshandelt und verkauft, damit es ihr selber gut geht. Sie schön in Gold gebettet ist, dabei aber immer ihre Kinder total vergisst, die zu Hause waren, Hunger hatten, Kleidung und Hilfe und Anleitung und eigentlich so viel Liebe zum Leben, sowie eine Mutter brauchten, weil die unsere keine war! Immer nach außen aufs Schönsein aus und sich selber jeden Vorteil verschafft: ein Narzisst wie er im Buche steht, immer nur auf sich bedacht!"

Ich stand auf und lehnte mich an die Wand und schaute sie weiterhin an, so genau darüber nachzudenken, strengt an und ich konnte nicht mehr still sitzen. „Ich höre zu, erzähle weiter!"

Ich nickte, trank etwas und sagte: „Ich wollte frei sein, von den komischen Erinnerungen an ein ‚zu Hause', was nie so war. Warm war es nur bei Oma und Opa, wofür ich so unendlich dankbar war und bin. Ich habe mir eine Familie gewünscht, nahm Abstand von meiner, verabschiedete mich von Tabus und Unfreiheit, sagte die Wahrheit, verabschiedete mich von Liebe, wenn es meiner inneren Freiheit und meiner Vorstellung von einer freien

Liebe nicht entsprach, auch wenn ich noch so liebte. Ich erzog meine Kinder, erkannte an ihnen, wie es ist, Kind zu sein, aufzuwachsen ohne Angst vor physischer und psychischer Gewalt, immer mit Angst gepaart, auf Überleben abgestimmt... Sie konnten lachen, alles erzählen, sich entwickeln (das zu sehen, war und ist so schön!), waren frei und jeder von ihnen entfaltete sich zu dem schönsten Schmetterling! Sie sind das Beste in meinem Leben! Und wenn ich vielleicht nichts mehr weiß, ABER eins weiß ich ganz genau: Sie sind von allem Negativen völlig frei, haben keine Angst zu leben!“

Mir liefen Tränen herunter und ich lachte verlegen, „Entschuldige“, sagte ich und sie nahm mich nur in den Arm, drückte mich fest und gab mir ein Taschentuch, eins behielt sie für sich, ihre Augen weinten auch...

„Ich bin so froh darüber“, sagte ich und schaute sie an. „Ich kann dir von mir nicht so viel erzählen, weil ich nichts mehr weiß. Ich erinnere mich an Schuljahre... Und an wenige Szenen im privaten Bereich, das waren und sind aber keine schönen, nur wenige schöne sind dabei... Etwas, wie ich auf dem Schiff vorne am Bug sitze, das Schiff vom

Wind ganz leicht dahin geschubst wird, das Wasser zerteilt, die Gischt und der Wind mir bis ins Gesicht spritzte, jede Welle mitnahm und mir zeigte, wie schön es sein kann, zu fliegen... Ich ließ mich da treiben, träumte von einem besseren Leben, von endlich 18 und erwachsen sein! Wollte nur weg, alleine und frei von diesem ganzen Druck und endlich mal ohne Angst sein... Die kannte ich schon seit so langer Zeit, war ein Teil von mir, bestimmte mein damaliges Leben: 10 Jahre wurden mir geklaut, die fehlen mir im Leben, Zeit und Entwicklung und Erinnerung verbaut, durch die gewaltvollen Misshandlungen und dem sexuellen Missbrauch und den Vergewaltigungen in meinem Leben!

Irgendwann erkannte ich, ein Wegrennen gibt es davon nicht, sie sind ein ständiger Begleiter in meinem Leben, jahrelang nur in einem Bereich geparkt, den ich nicht berührte, erinnerte nichts, spürte aber auch mich eigentlich nicht... Kam an nichts richtig dran.

Dann 2007 roch ich ARAMIS, ein Eau de Toilette... Und es traf mich in der Dortmunder City, mit dem Baseballschläger direkt auf dem Kopf. Ich versank, wurde klein und hatte wieder Angst, Panik – ich war stumm, schaute rum, erkannte nichts, auch nicht mehr mich – dies verhinderte dann wieder das Leben... Seitdem Erinnerungsschübe, Krankheiten, physische und psychische Reaktionen, diagnoselose Schmerzen und schlaflose Nächte, wie seit immer schon. Schlafen, mal ganz in Ruhe und ausgeruht... – kenne ich nicht und wäre mal wirklich schön!“ Sie nahm meine Hand, drückte sie und ich setze mich wieder...

„Weißt du, Ruhe und Frieden gibt es irgendwie nicht, wenn man mit solchen Erinnerungen lebt, die einem Jahre später noch die Panik und die Angst eintreiben, die so wohlbekannt ist, fast wie ein Vater ist, immer mit allem erkannt und vor allem, überraschend wieder da ist, immer wieder als solche erkannt! Er nimmt meine Hand und führt mich wieder auf alte Wege, meist, wenn ich mal etwas schlafen kann... Und zeigt mir, was ich nicht mehr weiß, zeigt mir, wie es war und ich betrachte mich aus einer Entfernung, die nicht sicher ist... Bin dann wieder da und bin dann wieder ich, in einer alten Zeit, die niemals sicher war, ich nicht geschützt und beachtet war, außer ich wurde gebraucht, um fremde Befriedigung auszulösen, in jeder Hinsicht dem Leben entraubt!

Wie ein Schatten lauert es oftmals in jeder Ecke, alles kann ein Auslöser sein, immer bereit zum Sprung, um mich zu packen, mir zu zeigen, du bist nicht frei: ICH BIN DEINE ERINNERUNG!

...so lebe ich, das bin ich und eine Umgehensweise erlerne ich, irgendwie und immer wieder neu! Eine Anleitung gibt es dafür leider nicht!“ Ich musste lachen...

„Wenn Betroffene einfach offener reden würden, ohne Scham vor dem, was ihnen passiert ist, gäbe es einen Weg auch für andere. Aber dieses Tabu..“ Ich schüttelte den Kopf und erzählte weiter: „NUN versuche ich zu leben, mit dem Wissen, dass alles wahr ist, meiner Wahrnehmung von damals, die der Wahrheit entspricht, nicht mehr beraubt und einfach ehrlich ist, ich einfach so bin wie ich bin, auch ohne Kindheit und Jugend. Die damaligen Beeinträchtigungen bestimmten heute mein physisches und psychisches Leben, dem musste ich mich stellen, das fiel mir schwer, ich wollte mich niemand mehr unterordnen – auch nicht mir selber!

Ich versuche Ruhe zu leben, Frieden zu spüren, mich kennenzulernen, Bedürfnisse zu fühlen, das Leben mal zu genießen... Es fällt mir oftmals noch schwer, ich werde aber besser darin, einfach nur zu leben.

Mittlerweile kann ich das, Auszeiten nehmen und genießen, kann zur Ruhe kommen, fühle mich nicht mehr gehetzt, sondern immer mehr angekommen und ich erkenne immer mehr einen Weg, obwohl ich nicht weiß, ob dies meiner ist."

Ich grinste sie an. „Aber ich denke, solange ich authentisch bin, ehrlich zu mir selber und weiter versuche meine Grenzen zu fühlen, wird es gehen. Ich muss halt ganz von vorne anfangen, wieder Vorstellungen entwickeln von dem, was ich will, kann... Und ich brauche zurzeit einfach immer noch und immer wieder Ruhe und Zeit auszuruhen, bei mir zu sein, um nicht wieder zurück in Erschöpfung zu kommen. Zu entschleunigen und sein Leben quasi wieder auf ‚Anfang' zu stellen, ist schwer und wie es weiter geht... – weiß ich so gerade nicht. Irgendwie geht es nur von Tag zu Tag... MEHR weiß ich gerade nicht zu erzählen" ... Ich setze mich anders hin, schaute sie an und sie sagte: „Mel, danke dir, es ist schön zu wissen, dass ich dich nun so kenne, wie kaum jemand. Soll ich dir von mir erzählen?“ Ich nickte, schüttete uns noch Wasser ein und sagte: „Sehr gerne. Ich will dich auch kennen lernen.“

Und sie begann zu erzählen...

# vor 2008

wusste ich immer irgendwie,

da ist irgendwas…

Aber ich tat wie immer,

fühlte nichts,

fühlte mich aber auch immer,

als lebte ich nicht -

und dachte,

das müsste so sein…

im Hier und Jetzt konnte ich nicht sein,

kannte es nicht –

war überhaupt nicht real für mich…

- warum auch?

Ich kannte es ja nicht anders –

was sollte schon sein?

Ich kam NIEMALS auf den Gedanken,

SO missbraucht worden zu sein…

# „traumatisiert“

Traumatisiert zu sein bedeutet, jede Nacht, trotz Müdigkeit, nicht schlafen zu können - so wie jetzt, nachts, bei mir, um 04 Uhr und 19 Minuten.

Ich bin müde, wie immer und würde so gerne mal einfach nur normal schlafen können... – aber mein erlebtes Trauma lässt das nicht zu.

Ehrliche Worte, die zu schreiben mir nicht leicht fallen, ich auch erst lernen musste, ohne mich dafür zu schämen – und noch immer ist es schwer, dies wirklich auch genauso zu sehen, weil ich mich trotz allem damit nicht sehr wohlfühle. Es ist schwer zu akzeptieren, dass das eigene Leben kein „normales“ und mit nichts anderem zu vergleichen ist, weil Leben nach sexueller Gewalt einfach individuell verschieden ist .

Es bedeutet, man ist aufgeteilt in zwei Leben.

Eines vor den ganzen Erinnerungen und Flashbacks, dem „funktionierendem“ Leben und dem immer kompletter werdenden Wissen über den erlebten (auf vielfacher Weise möglichen) Missbrauch, was passiert ist, dem sogenannten Leben

„danach" - und oftmals frage ich mich immer noch, welches eigentlich besser ist ...

Das eine davor ist eine nicht vollendete Form von Perfektionismus – man versucht, immer perfekter zu werden, zu sein, angepasst, sich der „Gesellschaft" anzugleichen, dazuzugehören - was immer das auch bedeutet.

Es ist der Versuch, der Vergangenheit nicht ins Auge sehen zu müssen, weil es so schön verdrängt wird – es nicht erkannt und gesehen wird, was erlebt wurde. Es nicht da ist, so wunderbar in einem tief drin und total unbewusst versteckt ist.

Es ist einfach nicht mehr da. Und wenn etwas Schlimmes passiert ist, passiert das auch immer nur anderen, was man selber erlebt hat, ist ja nicht so schlimm. Das vieles nicht greifbar und spürbar ist, erlebt man selten und wird überspielt, weil: nur das Leben zählt - man will was erreichen, strebt nach Erfolg, Glück, Geborgenheit und auch geliebt zu werden – einem Leben, anerkannt zu werden und zu sein!

Tausend Prozent Energie – ein Strotzen vor Gesundheit und Power für mindestens zwei – so war es bei mir. War... Ich brauchte nie Hilfe, hatte auch eigentlich nie welche, schaffte alles allein. Nach Hilfe zu fragen, war ein Eingeständnis von Schwäche für mich – und schwach und dann auch verletzlich – wollte ich nie wieder sein!

Warum und wieso das so war, wusste ich nicht – ich ahnte manchmal, das es „zu Hause" nicht normal war – aber das Unnormale war ja normal für mich! Was anderes kannte ich ja nicht - auch wenn es so oft bei anderen viel schöner und geborgener aussah, als irgendwann einmal bei mir...

Ich rannte immer vor mir selber davon, fühlte mich falsch an richtigen Orten, vertraute den falschen Menschen, wiederholte meine Vergangenheit – unbewusst, mehrmals, immer und immer wieder!

Und immer wieder passierte mir es, körperlich grenzüberschreitend angefasst zu werden und ich habe oft gedacht nach dem Erkennen, dessen, was mir wieder passiert ist, dass ich missbraucht wurde, missbraucht worden zu sein bedeutet gleichzeitig auch, man hat das Gefühl „fick mich" ist auf der Stirn geschrieben!

Man fällt auf die falschen Menschen rein – lernt

z.B. Männer kennen, der Schalter legt sich um und man gibt ihnen, was sie haben wollen, der automatisierende „Puppenmechanismus“ funktioniert – ich weiß ja, was sie wollten, ich wurde am besten konditioniert! 10 Jahre wurde dies perfektioniert!

Und der Schalter im Kopf legt sich um... – und schaltet das „Ich“ aus, das „Ich“ ist ganz schön dumm!

Lachte mich dann hinterher einfach selber aus und hielt mich irgendwann mit Anfang 20 fern von Männern und Beziehungen und fühlte mich auch weiterhin unter Menschen alleine. Ich hatte irgendwie Freunde, lachte und gab und half auch viel, war immer für andere da – aber einen festen Freund ertrug ich nicht mehr, nur Sex war mir nicht genug und dabei was zu fühlen war sowieso nicht gegeben - ohne Gefühl im Unterleib zu leben ist schon Wahnsinn genug...

Nähe und Liebe sich zu ersehnen, nur Sex dafür zu bekommen, wollte ich irgendwann nicht mehr – und glaubte keinem Mann mehr und ließ niemanden mehr in meine Nähe – in meine Wohnung - hielt einfach Abstand.

Ich lebte in der Gegenwart, war aber immer schon in einer Zukunft, die auch nicht meine wa(h)r, konnte die Gegenwart nicht fühlen, nicht sehen, war immer schon weiter im Morgen, als im Jetzt zu sein.

Ich lebte dafür, mich beweisen zu müssen, um zu fühlen, etwas wert zu sein.

Ich lernte, lernte – doch das Gefühl blieb aus, wenn ich etwas erreichte, genauso wertvoll zu sein, es fühlte sich nach wirklich kurzer Zeit nutzlos an, vergebens...

Ich war der festen Überzeugung, je mehr Wissen ich mir aneignete, desto weniger konnte ich verletzt werden bzw. desto weniger konnte mir passieren!

Ich dachte, ich muss weiter machen, es wird schon noch kommen, es reicht vielleicht einfach nur noch nicht – völlig egal was war: Ich kam niemals an diesem Ziel, sich wirklich „wert“ zu fühlen, an.

Denn so fühlte ich mich nie - traumatisiert zu sein bedeutet, sich wertlos zu fühlen, nicht an sich zu glauben, sich nicht zu lieben, sich zu schätzen –

Raubbau an dem eigenen Körper, den eigenen Gedanken, dank der Manipulation und der Degradierung der Missbrauchsjahre für immer miteinander verschlungen frisst es dich auf. Mehr und mehr bis nur noch eine leere Hülle existiert, die dich weiter zieht, um sich wertvoll zu fühlen – völlig egal wie.

Für andere ist man verlässlich, pünktlich, lustig – ein „guter Freund"... – man ist also mitten unter „Freunden" und nie alleine – und doch immer.

Traumatisiert zu sein bedeutet nie verstanden zu werden und immer unverstanden zu sein, sich zu fühlen - außer vielleicht von denen, die ebenfalls traumatisiert sind. Wobei die Folgestörungen der Traumata unterschiedlich sind – nie gleich, nur ähnlich sein können.

Betäubt dadurch, ein Leben aufbauen zu wollen, betäubt durch den Versuch Leben zu leben...

Man erkennt die Menschen, die ebenfalls verletzte Seelen haben: Augen, die tief blicken lassen – man erkennt sich.

Und trotzdem, viele wollen und können es nicht

wahr haben, einige fragen: „Hast du ebenfalls Missbrauch erfahren!?“

Oder wenn ich fragte, wurden die Augen groß, Unsicherheit und Nervosität machte sich breit und es kam ein leises und stummes Kopf nicken oder ein vehementes „NEIN!, mir geht’s doch gut!“ ...

Aber ein näher darauf eingehen gibt es einfach nicht – weil es keine Worte gibt für Taten, die niemals zu ertragen waren und weil es nicht der Rede wert ist, was nach dem Missbrauch denn so mit dem Menschen eigentlich ist. Und natürlich auch ein großes Tabuthema ist – die Scham dessen einfach unglaublich hoch im Leben der Betroffenen integriert ist, sowie diese „Schuld, an allem schuld zu sein“ – die ist kaum zu ertragen (was natürlich nicht stimmt!).

Traumatisiert zu sein bedeutet, immer im Dunkeln zu sein, während überall um dich herum das Licht leuchtet, heller, als es oft ertragbar ist.

Depressionen zu bekommen, schleichend, nicht erkennbar für einen selber, wenn einen die Traurigkeit besiegt und lahm legt, ist doch schon schlimm genug – aber bedeutet nur, es ist der Anfang vom Ende... und wieder ein Tabu – denn, „bitte glaube mir, mir geht's eigentlich ganz gut".

Es bedeutet, im Dunkeln zu sitzen, allein zu sein – egal wie sehr man sich bemüht, Teil des Ganzen zu sein... Man schafft es nie, dass das Gefühl allein unter vielen zu sein verschwindet. Ein „Fröhlichsein" und mit anderen lachen, erreicht das Herz oftmals nicht, da es sich täglich anfühlt, innerlich bereits gestorben zu sein.

Es ist so, als würde ein Feuer in mir toben, vor dem ich am liebsten nur noch wegrennen will und muss, um nicht ganz zu sterben, nicht ganz verbrannt zu werden. Es aber nicht kann, weil ich an einer Kette gebunden bin, die das Wegrennen verhindert und so heiß ist, dass die Narbe des Verbrennens mit meiner Haut eins geworden ist...

Dieses Feuer ist immer da, es geht nie aus – auch wenn man oft denkt: „Nun habe ich es besiegt – es ist vorbei! Endlich, ich bin frei! Ich fühle es nicht mehr..." bekommt es wieder Nahrung durch einen Traum, eine Person, der Familie vielleicht oder den Täter selbst oder sogar an Festtagen wie Weihnachten ...

Und lodert auf, verbrennt einen von innen heraus und hält einen fest – unbeweglich sterbend in Watte gepackt, voller Grauen vor dem Erlebten und der Scham vor dem eigenen Körper, der einen so verraten hat. Dem unbewusst nicht verziehen werden kann, bis man irgendwann versteht, was passiert ist und dass Körperreaktionen - egal in welcher Situation - einfach normal und menschlich sind und einfach immer vorhanden sind, völlig egal was passiert: und ein Kind – man selber!!!! - dies nie und nimmer verstehen kann.

Diese Scham und Grenzüberschreitung aber ausgenutzt, sich der Täter zu eigen macht und dem Opfer diese Scham als Schuld auferlegt, dass das Geheimnis zu tragen bringt und fortbestehen lässt, oftmals bis ins hohe Alter eines Betroffenen nur halb leben lässt... Und daran auch oftmals nur innerlich zugrunde gehen lässt, nach außen perfekt gestylt und für jeden zufrieden lächeln lässt!

Traumatisiert zu sein bedeutet, ein Leben lang Leid zu ertragen, nicht nur den (noch unbewussten) Missbrauch in sich zu haben – sondern die Körpererinnerungen mit sich zu tragen, obwohl vergessen, dies tief vergraben arbeitet... Und irgendwann

– völlig altersunabhängig, egal wann – wie ein Vulkan einfach ausbrechen kann.

Es bedeutet, nichts zu fühlen – oder alles.

Es bedeutet:

- Nähe oftmals nicht ertragen zu können – aber es sich sehr zu wünschen.
- aus einer Situation einfach raus gehen zu müssen, für andere oftmals ohne Grund und völlig unverständlich
- Termine nicht einhalten und/oder kurzfristig absagen zu müssen
- Liebe so sehr geben zu wollen und zu können, es aber gleichzeitig nicht zu können.
- Tage zu haben, an denen ein „Berühren“ – auch nur ein „freundschaftliches“, nicht ertragen wird
- Angst vor den eigenen Reaktionen haben zu müssen.
- nichts zu fühlen
- Schmerzen nicht zu erkennen
- Schmerzen nicht zu fühlen
- niemals nachts wirklich schlafen zu können
- sich selber und die eigenen Bedürfnisse einfach nicht zu (er-)kennen oder zu fühlen

- nie ganz erholt und ausgeruht zu sein
- sich immer auf der „Flucht“ zu fühlen
- Körperkontakt – auch intimen – nicht ertragen zu können, dies aber erdulden müssen, um eine Beziehung ´zu haben´, Liebe ertragen zu können – etwas ´Normalität´ leben zu können. So irgendwie ´wie Andere´ sein zu können – wenn auch nur zum eigenen Schein.
- Es bedeutet, sich selbst verletzen zu müssen, egal in welcher Form, zum Beispiel: Nägel kauen, knibbeln und knabbern ist schon selbst verletzendes Verhalten und wird oft negiert in unserer Gesellschaft – dabei haben schon kleine Kinder dieses Verhalten, was in unserer Gesellschaft als „Fehlverhalten“ angesehen wird (und oft mit einer ekligen Nagelpflege versucht wird zu bekämpfen, anstatt es als „Warnsignal“ zu sehen, dass etwas mit diesem kleinen Wesen nicht stimmen kann)
- Situationen immer abzuschätzen und immer schnellstmöglich analysieren und einschätzen zu können
- sich immer mit dem Rücken zur Wand zu setzen, mit der Tür im Blickfeld, um alles – vor allem unbewusst die Menschen um einen her-

um – immer sehen zu können – mit der Möglichkeit zur Flucht... einen Raum abschätzen zu müssen

- Folgestörungen zu bekommen, damit leben zu lernen, bis man vor Erschöpfung zusammen bricht und irgendwann nicht mehr kann, als zu erkennen: Ich kann nicht mehr!
- das „Folgestörungen" immer neu gestaltet werden, niemals ein Ende finden – und man mit immer mehr Momenten, Erinnerungen und Situationen etc. zu rechnen hat, die dem Körper die Gesundheit nehmen...

Traumatisiert zu sein bedeutet facettenreich zu leben, facettenreich zu sein – und genau dies wird einem bewusst, wenn der Vulkan ausbricht, man in sich zusammenbricht, erkennt, alles ist nie so, wie es war – auch ich nicht – wer bin ich eigentlich!?

Alles bricht zusammen, der Körper beginnt zu schreien und schickt Warnsignale aus in Form von Infektionen, Allergien, Erschöpfungszuständen, erste „kleine Burnouts" machen sich erkennbar – viele Gesichter kann dies haben, je nachdem, wie lange es dauert, bis man den Ruf des Körpers nach

„Erkennen“ erkennt... – und nach Hilfe...

Zahlreich sind seine Namen und sie hören nicht auf.

Ich habe es einfach hingenommen, die Infektionen oder Lungenentzündungen zum Bespiel, habe einfach Medikamente wie Antibiotika genommen – es hört schon irgendwie auf und ich musste ja weiter machen – wer sonst bitte, würde meine Kinder und das Leben versorgen!? Und Rechnungen bezahlen sich ja nicht von selbst...

Ich musste mich beweisen, was wert sein, mich wert fühlen und „normal“ sein, für andere – am meisten für mich und den Alltag meistern!

Die Signale wurden schlimmer, chronischer – zahlreicher und ich ignorierte weiter. Musste es ja. Ich wollte weiter gehen und weiter sein – ich wollte ihm beweisen, dass ich kein Versager bin, diesen Satz in meinem Ohr loswerden, den ich hörte, als Kind.

Und dann irgendwann, spürte ich plötzlich Schmerzen, im Rücken, im Kopf, in den Schultern ... und ging weiter. Ich wurde immer müder. Mittagsschlaf wurde zum Komaschlaf und irgendwann ging ich auch dann mal zum Arzt, obwohl ich Berührungen immer noch nicht ertrug und hörte, wie die Ärzte sagten, es liegt am Gewicht. Obwohl ich oftmals keine Zeit hatte etwas zu Essen, mein Tagesablauf war gut durchorganisiert – und mir Schmerztabletten verschrieben, die ich nahm, um weiter und wieder zu funktionieren.

Doch irgendwann reichte dies auch nicht mehr, die Rebellion des Körpers nahm zu, und ich konnte mich kaum bewegen, aufstehen war noch nie schlimmer gewesen – ich nahm weiter zu – ich zwang mich aufzustehen, ging heißer als heiß duschen und funktionierte, der Tag musste gelebt werden…

Jahre vergingen, Infektionen gaben sich die Hand, mein Vitiligo breitete sich aus, als Autoimmunerkrankung lapidar diagnostiziert; dass es immer zwei zusammen sind, wurde mir nicht mitgeteilt – auch nicht weiter diagnostiziert.

Schmerztabletten – obwohl ich Medikamente hasste – nahm ich immer öfter, ich musste schließlich funktionieren. Dann, eines Tages – Hallo unbekannte Folgestörungen – konnte ich mich nicht mehr konzentrieren, erinnerte Namen und Gesichter nicht mehr, erkannte sie, doch wusste ich nicht, wohin mit ihnen.

Viele Menschen auf einem Haufen ertrug ich nicht mehr, zu Elternabenden ging ich nicht mehr – Telefonate musste ich mir notieren, der AB wurde an und das Telefon irgendwann ganz ausgestellt – Briefe mehrmals gelesen und irgendwann nur noch an die Seite gelegt; ich verstand sie nicht mehr.

Ich versuchte dies zu kaschieren, vor allem auf der Arbeit, ich kam kaum noch die Treppen zu meinem Büro hoch, machte mir viele Notizen, die ich dann im Eifer eines Telefonats noch nicht einmal mehr fand... E-Mails musste ich mehrmals prüfen, aus Angst vor Fehlern und meiner Konzentration, die immer mehr schwand. ...

Nur einige Zeit später, nach drei langen Arbeitsunfähigeitsbescheinigungen und Krankengeld, welches nicht zum Überleben reichte, ging ich wieder arbeiten, fühlte mich schuldig meinen Kollegen gegenüber, weil ich so oft fehlte... – brach ich auf der Arbeit am dritten Tage nach einer zweiten siebenwöchigen Arbeitsunfähigkeit zusammen... und dies nur, weil ich plötzlich und völlig unerwartet eine Männerstimme hörte…

Ich bekam Schweißausbrüche, zitterte überall ganz stark und fror, fühlte mich klein… – es war furchtbar. Ich hatte Erinnerungsschübe, Panikattacken – alles auf einmal, mein Kopf setzte aus… Und ich ging nach Haus, räumte vorher aber meinen Schreibtisch aus und auf, weil ich wusste, nun ist es vorbei, die „Maskerade“ hört nun für immer, für mich, hier auf.

Re-traumatisiert und völlig außer mir ging ich zum Auto, konnte kaum normal laufen, das Fahren fiel mir schwer, erkannte ich doch den Weg nach Hause nicht mehr!

Ich machte mein Navi an, um den Weg nach Hause zu fahren und überhaupt erst finden zu können, hatte das Gefühl, ich bin noch nie vorher in meinem Leben Auto gefahren. Endlich da, voller Panik und Angst vor dem Verkehr, mir selber und meinen Körperreaktionen legte ich mich zu Hause angekommen, ins Bett – es ging von da ab gar nichts mehr.

Denken, Reden, Schreiben oder auch was erzählen

konnte ich einfach gar nicht mehr und gestand mir dann bei meiner Hausärztin ein, ein Mega-Super-GAU für mich, „Ich kann nicht mehr“ - und schämte mich so sehr.

Es war mir egal, wie sehr ich nun finanziell knapsen musste, hatte keine Gedanken dafür, nur schlafen wollen zählte, ausruhen, am liebsten für immer – doch da waren noch meine Kinder... – mein Lebenselixier.

Ich ruhte mich aus, wurde wieder krankgeschrieben und schlief fast neun Monate, hauptsächlich tagsüber, wie noch nie zuvor in meinem Leben... Alles drehte sich um und ich fühlte mich mehr als zuvor wie ein Versager in meinem Leben.

Aber selbst dieser Gedanke erschreckte mich nicht mehr, ich glaubte an nichts mehr – erst recht nicht an mich.

Dies alles machte mich bewegungsunfähig, dies alles machte mich stumm.

Ich zog mich zurück, brach alle und vor allem auch alte Kontakte ab, zog wieder um – isolierte mich von allem und jedem.

Tot innerlich und einfach nur noch stumm.

Ich hatte sie nun, die Post-Traumatische-Belastungs-Störung mit den traumatischen Folgestörungen mit Mitte 30... Nach 12 Jahren seit Ende des Missbrauchs, welcher 10 Jahre lang andauerte.

Ich wurde retraumatisiert und lebe nun damit.

**ABER:**

**<u>Ich bin nicht mehr stumm!</u>**

# Nachwort

Ich möchte an dieser Stelle nicht weiter auf den Inhalt des vorliegenden Buches eingehen – es gibt sowieso nur einen Menschen, nämlich Mel Alazza, der wirklich erfassen und fühlen kann, was es bedeutet, eben diese Lebensgeschichte zu haben.

Ich kann nur mitfühlen und ich kann gleichzeitig kaum in Worte fassen, was Mels Geschichte in mir ausgelöst hat.

Was ich beschreiben kann, ist die Dankbarkeit, dass mir jemand das Vertrauen geschenkt hat so tief in ihre Geschichte eintauchen zu dürfen.

Mel beschönigt nichts, sie konfrontiert ihre Leser mit der Realität – da wird nichts klein geredet und so komisch es in diesem Zusammenhang klingen mag: nichts dramatisiert. Es wird schonungslos beschrieben, wie es war – wie ein Teil davon war. Vieles kann wahrscheinlich gar nicht aufgeschrieben werden, weil es sich jenseits von Worten befindet.

Ich kann beschreiben, wie mutig ich es finde, anderen Menschen diese Geschichte in Form des vorliegenden Buches nahezubringen.

Mel hat in persönlichen Gesprächen mir gegenüber immer wieder betont, dass sie möchte, dass sich Menschen, die Ähnliches erlebt haben, nicht alleine fühlen. Das andere wiederum, die nicht glauben können, dass solche Dinge täglich geschehen, aufgeklärt werden. All das gibt es – leider – jeden Tag.

Diese Geschichte ist zum einen so persönlich, dass es sie in dieser Art kein zweites Mal gibt – in anderen Varianten ganz sicher wiederholt sie sich viel zu oft.

Mögen alle die Hilfe finden, die sie brauchen, mögen die Menschen die Verantwortung tragen, wache Ohren und Augen und ein Stück von Mels Mut bekommen.

Ich habe einen Menschen getroffen, der mich tief beeindruckt hat. Einen Menschen, der in irgendeiner Ecke seines Seins eine Kraft besitzt, die mich sprachlos macht.

Die trotz ihrer Geschichte so viel Liebe in sich trägt, dass ihre eigenen Kinder immer reichlich davon bekommen haben und andere Menschen um Mel herum damit ebenfalls großzügig beschenkt werden.

Liebe Mel, ich wünsche uns allen von ganzem Herzen, dass Du noch viele Menschen wirst erreichen können, mit dem, was Du mitbringst.

Alles Liebe!
Stefanie Uzler

# Buch-Tipps für Betroffene, Interessierte und Angehörige:

- „Vom Glück sich selbst zu lieben“
  von Heinz-Peter Röhr (14,99 Euro)

- „Ich kann doch ohne dich nicht leben“
  von Karin Brandl (12,80 Euro)

- „Ohrfeige für die Seele“
  von Bärbel Wardetzki (24,43 Euro)

- „Ich traue meiner Wahrnehmung“
  von Heinz-Peter Röhr (14,99 Euro)

...und noch einige Bücher mehr!

# Man kann sich auch gut Hilfe/Beratung suchen bei:

- verschiedenen Beratungsstellen (Frauen-/ Männerberatungsstelle) wie z.B. „**biff**“ ist eine Beratungsstelle für Mädchen und Frauen (gibt es ebenfalls in jeder größeren Stadt) http://www.bifff.de/sites/winterhude/index_winterhude.htm
- die **Beratungsstellen für Männer** in ganz Deutschland findet MANN hier: http://www.4uman.info/seiten/wo/adressen/listen/liste_d.html

- Informationsmaterialien / Broschüren bestellen aus dem Internet, z.B. bei der **Bundeszentrale für gesundheitliche Aufklärung** (die meisten sind kostenlos!) http://www.bzga.de/botmed_31603000.html

- Bei z.B. facebook verschiedene Gruppen suchen, wie die Gruppe für „**Betroffene sexueller Gewalt**“ (die Gruppe ist „geschlossen“ so dass nur die Mitglieder die Beitrage lesen

und sehen können, so dass jeder geschützt ist.
https://www.facebook.com/groups/888177551192887 (Ebenfalls gibt es natürlich noch andere Gruppen der verschiedenen Komorbiditäten; einfach suchen ;-)

- Oder einfach erst einmal die Seite des **Frauennotrufs** aufrufen oder auch einfach anrufen und sich in der eigenen Stadt einen Termin geben lassen (http://www.frauennotruf.de/)

- Auch gibt es in jeder größeren Stadt das „**FRAUENHANDBUCH**", welches viele nützliche Tipps gibt von **Vereinen** und Organisationen und anderen Verbänden, welche Frauen ratgebend (meistens kostenlos) mit ihren Angeboten zur Verfügung stehen. Dies kann – soweit ich informiert bin – in jedem **Frauenbüro** einer größeren Stadt angefordert werden. Dieses Buch hat mir sehr geholfen und ich habe einige Beratungsstellen – damals noch in Dortmund – aufgesucht und Hilfen in Anspruch genommen.

- Auch gibt es eine „**Opferentschädigungsrente**", welche bei dem zuständigen Verwaltungsamt / Versorgungsamt (siehe Internet)

beantragt werden kann. Dies ist eine finanzielle Entschädigung für die erlittenen Straftaten; allerdings ist dies nicht sehr einfach zu bekommen und ist sehr langwierig. Diese Rente ist gestaffelt und sollte mit einem Anwalt (ggf. bei dem Sozialverband Deutschlands) beantragt werden. Bitte genauestens informieren!
http://www.bmas.de/DE/Themen/Soziale-Sicherung/Soziale-Entschaedigung/Opferentschaedigungsrecht/oeg.html

- Des Weiteren gibt es den Fonds für sexuellen Missbrauch http://www.fonds-missbrauch.de/, wo jeder Betroffene finanzielle Gelder beantragen kann, für tatbedingte Folgestörungen, wie z.B. Hilfe von einem PTBS-Hund – den kann man sich dann kaufen.

- Ebenfalls kann man, wenn man aufgrund seiner Gesundheit nicht mehr arbeitsfähig ist (oder auch nur teilweise) Erwerbsminderungsrente beantragen:
http://www.deutsche-rentenversicherung.de/Allgemein/de/Inhalt/5_Services/04_formulare_und_antraege/01_versicherte/02_rente/_DRV_Paket_Rente_Erwerbsminderung.html

- TherapeutInnen-Suche:
  http://www.degpt.de/therapeutinnen-suche/
  (An einigen Kliniken wird auch eine sofortige psychotherapeutische Hilfe –**Krisen-intervention** – angeboten, wenn man dort nachfragt. Bitte einfach mal ausprobieren!)

# Allen Betroffenen möchte ich noch sagen:

# BITTE NIEMALS AUFGEBEN!

Das Leben ist nicht immer leicht, aber man kann es schaffen, wenn man die Augen nicht mehr verschließt und zu sich steht – und zu seinen Erinnerungen und der eigenen Wahrnehmung!

Viel Kraft!
Mel

# Zum Schluss...

möchte ich meinen *wunderbaren Kindern* danken, die einiges an diesen Beeinträchtigungen mitgetragen haben, ohne es zu wissen UND als sie es wussten, wollten, dass dies hier öffentlich gemacht wird!

Mel Alazza
im Frühjahr 2017



ISBN 978-3-7450-8377-4
00001
9 783745 083774
www.epubli.de